Knaur

Von Klaus Nissen ist außerdem erschienen:

Die neuen Leiden der jungen Wörter. Das aktuelle Wörterbuch zur Rächtschraiprehvorm

Nissen, Klaus,
fühlte sich am 11. Dezember 1957 in Dollerupholz/Angeln wie neugeboren.

Er sorgte für textiles Werken in Werken wie „Die neuen Leiden der jungen Wörter" (Knaur TB 73076) und dem vorliegenden, kämpft aber bei der Erklärung witzigster Unterschiede oft auf verlorenem Possen und musste so manche scherzhafte Erfahrung machen.

In seiner Biografie gab es einige Einschnitte, z. B. eine Knie-Operation im Jahre 1994.

Sein Alter soll auf eigenen Wunsch ungenannt bleiben; erwähnt sei nur, dass er mit Vornamen Georg heißt.

In seiner Freizeit ist er damit beschäftigt, fremdländische Zungen Sprechenden die heimisch-tückische Grammatik zu verdeutschlichen.

Er fristet sein Leben in Kiel und hat seine ehemalige Verlobte namens Serpil, die fürs weibliche Wohl sorgt, lediglich geheiratet, was ihn sehr freite.

Dallmeyer, Ekkehart Werner,
*Köln 30. Januar 1962, sorgte für illustre Rationen in diesem Buch.

Der spätere Zeichner zeichnete sich schon früh ab; und es ist wohl als bezeichnend zu bezeichnen, dass er eine Ausbildung in einem ausgezeichneten Stift in Süderbrarup/Angeln genoss.

Kieler sprotten, er sei als Graffiti-Künstler auf freiberuflicher Basis Gründer von zahllosen kriminellen Verunreinigungen.

Ausgezeichnet ist auch der ambulante Service dieses vom Leben gezeichneten, aber malerisch begabten Künstlers, der in seinen Zeichnungen immer nach dem Leben trachtet: „Wenn Se mich rufen, comic sofort."

Er leibt und lebt mit einem Motorrad und anderen lebensgefährdenden Lebensgefährten in der schleswig-holsteinischen Landeshauptstadt.

Klaus Nissen / Ekkehart W. Dallmeyer

Der Satz
im Silbensee

Aktuelle Wortspüle
für das dritte Jahrtausend

Knaur

Besuchen Sie uns im Internet:
www.droemer-weltbild.de

Originalausgabe 2002
Copyright © 2002 bei Droemersche Verlagsanstalt
Th. Knaur Nachf., München.
Alle Rechte vorbehalten. Das Werk darf – auch teilweise –
nur mit Genehmigung des Verlages wiedergegeben werden.
Redaktion: Ralph Thoms
Umschlaggestaltung:
Klaus Nissen / ZERO Werbeagentur, München
Satz: Wilhelm Vornehm, München
Druck und Bindung: Clausen & Bosse, Leck
Printed in Germany
ISBN 3-426-62069-3

2 4 5 3 1

Inhaltsverzeichnis

A, [neutr., –s, –s] wenn jemand A sagt, muss das nichts B sagen: So leicht lässt sich kein A dressieren; ⇨ Buchstabe.

Abbakuss, [Abk., schwed.-deutsch] Liebesbeweis von Agnetha, Björn, Benny oder Anna-Frid. Was abba nur wenige wissen: Sie erfanden damals u. a. den Fotoabbarat; ⇨ Popp-Musik.

Abfallbeseitigungsgesetz, [neutr. –es, –e] die entscheidenden Beschlüsse über den Müll stehen noch auf der Kippe; ⇨ Müllabfuhr.

abgebrüht, [Part. Perf.] abgebrühte Typen lassen manchmal ⇨ Tee volle Kanne zwölf Minuten ziehen.

Abgeordnete, [mask./fem., –n, –n] im Parlament hat jeder einen sitzen; ⇨ parlamentieren.

Ablass, [mask., –es, –lässe] die Kirche erzielte seinerzeit viele Erlöse von diesem Übel; ⇨ holy shit.

Abnehmer, [mask., –s, –] Person auf ⇨ Diät; ⇨ Bulimie.

Abschiebung, [fem., –, –en] ein ausgereistes ⇨ Thema.

Abschlagzahlung, [fem., –, –en] *scherzhaft für* Gebühr bei der Benutzung öffentlicher Bedürfnisanstalten, die übrigens erstmals von Marie-Antoilette während einer Ausscheidungsrunde erhoben wurde: »Lieber sich das Wasser als jemandem eine Bitte abschlagen.« ⇨ klobig; ⇨ *Abb*.

Geschäftemacherei

Abseitsregel, [fem., –, –n, deutsch-latein.] die Abseitsregel lautet: »abseits« verlangt den ⇨ Genitiv; ⇨ Kilogrammatik.

Abtrennen, [neutr., –s, –, latein.-deutsch] ⇨ *Abb*.

abtreten, [trans./refl. Vb.] lieber sich die Füße als irgendwelche Rechte; ⇨ Zeh.

achtlos, [Adj.] z. B. die Zahlenfolge 1, 2, 3, 4, 5, 6, 7, 9, 10; ⇨ 155.

Ackerbau, [mask., –s] eine Wissenschaft für sich; ⇨ Flurgarderobe.

Adam und Eva, [bibl.] gelten als das *Paar Excellence*; ⇨ Live-Sex-Show.

Adelstitel, [mask., –s, deutsch-latein.] bei einer Grillparty des Barons *von Dû* trafen sich jüngst Graf Fiti und die erlauchten Herren *von Tuten und Blasen* (der mal wieder von nichts eine Ahnung hatte), *zu Vernachlässigen* (unwichtig), *von Wegen* (immer ein ⇨ wenig aufmüpfig, der alte Haudegen), *zu Hauf*, *zu Sammen*. Weil *van Allen* (⇨ Raumfahrt) mal wieder unbedingt seinen Gürtel zei-

Abtrennen

gen wollte, *van Nille* (abge-
schmackt!) sogar noch mehr,
und ⇨ es mit *zu Prosten und
Trinken* irgendwann vorbei
war, ist *von Statten* gegangen
– ⇨ es ist am Schluss nur
noch *zu Rück* geblieben;
⇨ Fürstengeschlecht.

Aerobic-Kurs, [mask., –es, –e,
engl.-amerik.-latein.-franz.-ndl.]
das sind die Übungen, deh-
nen wir uns zu Wänden;
⇨ Stretch-Country.

Aeroflop, [mask., c, griech -
engl., eingetr. Wz.] russische
Fluggesellschaft mit ⇨ wenig
Fortüne; ⇨ Flugverkehr.

Affenstillstand, [mask., –s,
–stände] kurzfristige Beendi-
gung der Feindseligkeiten im
Gorilla-Krieg; ⇨ Partysan.

Ägyptenurlaub, [mask., –s, –e]
»Ägypten das hier kein Bier?
Assuan Schnaps für mich?« –
»Ich Gizeh Ihnen gleich was
ein.« ⇨ Urlaubsorte.

Airbag, [mask., –s, –s, engl.] *eindeutschend für* Windbeutel;
⇨ Schaumgebäck.

Akkudativ, [mask., –s, –e, latein.]
der praktische Mehrzweck-
kasus für alle Fälle, wie z. B
in ⇨ Shakespeares *The two
Gentlemen of Verona (Feld-*

busch): »Hier werden Sie ge-
holfen«; ⇨ Satzlehre.

Aktivkohle, [fem., –, latein.-
deutsch] *scherzhaft für*
⇨ Geld auf der Haben-Seite;
⇨ Wirtzuwachs.

Aktzeichnung, [fem., –, –en,
latein.-deutsch] ⇨ *Abb.*

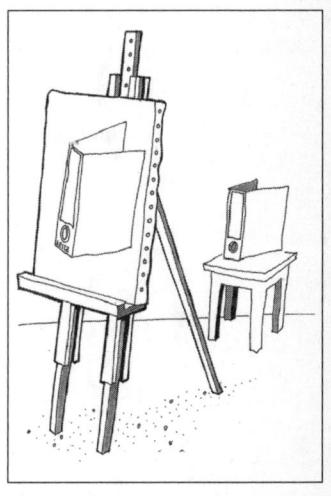

Aktzeichnung

Alexander der Große, * Pella
356 v. Chr., † Babylon 13. Juni
323 v. Chr., der gordische
Schlingel hatte schon in der
⇨ Schule einen guten Kno-
tendurchschnitt; ⇨ kapitulieren.

Alimentation, [fem., –, –en, latein.] Unterhaltungsprogramm; ⇨ Quickie.

Alkoholiker, [mask., –s, –, arab.-span.] ständig ⇨ vollständig voll, aber ⇨ wir wissen ja: Nichttrinken löst auch keine Probleme; ⇨ Vegetarier.

allmählich, [Adj.] *Kurzwort für* ein bisschen plötzlich.

Alphabett, [neutr., –s, –en, hebr.-griech.-deutsch] »Wie findest du mein neues Alphabett (⇨ Bett)?« – »Omegageil!« ⇨ *Abb.*

Alphabett

alt, [Adj.] ich sag immer: Man fühlt sich so alt, wie man ist; ⇨ Grimassenschneider.

Altbauwohnung, [fem., –, –en] »Warum willst du aus deiner Altbauwohnung ausziehen?« – »Mir fällt die Decke auf den Kopf.« ⇨ Mietspiegel.

Alterseinsamkeit, [fem., –] der Grund für die Einsamkeit alter Menschen sind oft ihre verzogenen Kinder; ⇨ Tundra.

Altersheim, [neutr., –s, –e] gibt's erst ab 65 – und ist deshalb garantiert jugendfrei; ⇨ Geflügelassekuranz.

Altersheimer, [mask., –s, –] extreme Form von Vergesslichkeit unter Pensionären; ⇨ Rentenloch.

Ampelmann, [mask., –s, –männer, latein.-deutsch] *abwertend für* Verkehrspolizist; ⇨ Bullette.

anfassen, [trans. Vb.] »Haben wir dieses ⇨ Thema nicht schon oft berührt: Warum musst du immer alles anfassen?« – »Nu haptisch net so!« ⇨ Faustregel.

Angestellte, [mask./fem., –n, –n] ⇨ es gibt Angestellte, die nichts angestellt haben, also nicht einmal die ⇨ Schreibtischschlampe oder ihren

⇨ Computer; man sollte also auf der Stelle Überlegungen anstellen, wie man ⇨ es am besten anstellt, anstelle dieser Angestellten zumindest stellenweise an ihrer Stelle stellenlose, anstellige Angestellte mit höherem Stellenwert anzustellen, die sich nicht so anstellen; ⇨ Unternehmensberatung.

Anichtsotoll, [neutr., –s, –e, engl.-franz.] *Gegenteil von* Atoll.

Animalie, [fem., –, –n, griech.-latein.] tierische Missbildung wie z. B. Hasenzähne, Eselsohren, Katzenaugen oder ⇨ Boxerschwanz.

Ankreidekabine, [fem., –, –n, deutsch-latein.-franz.-engl.] Gefängniszelle für Kronzeugen in der Untersuchungshaft; ⇨ Stammzelle.

Anspitzer, [mask., –s, –] *Spitzname für* Bleistiftanspitzer; ⇨ Mark.

Möbelkauf

11

Anstandsdame, [fem., –, –n, deutsch-latein.-franz.] Jägerin, ⇨ Jäger.

Anstandswauwau, [mask., –s, –s] Jagdhund; ⇨ Weidmannsheil.

Anstellerei, [fem., –, –en] *abwertend für* Arbeitsbeschaffungsmaßnahme; ⇨ Arbeitslosenstatistik.

Anstreicher, [mask., –s, –] *anderes* ⇨ *Wort für* ⇨ Lehrer nach Klassendiktaten, die ja nicht immer so klasse sind und manchmal jeder Schreibung spotten. Trotz einer gewissen Berechtigung der Berichtigung versteht niemand so recht, warum er z. B. den »Gartentsaun«, die »Wandt« oder die »Zimmerdegge« anstreicht, aber letztendlich ist ja alles beweißbar; ⇨ Kalker.

Antarktis-Forschung, [fem., –, griech.-latein.-deutsch] die Antarktis-Forscher müssen sich warm anziehen: Angesichts der knapp bemessenen Mittel für Universitäten und Hochschulen wurde die Antarktis-Forschung auf Eis gelegt. Dennoch: Noch sind die Pole nicht verloren; ⇨ Paul McNetismus.

Anteilnahme, [fem., –, –n] der Anteilnahme anderer kann man sich – zumindest im Fall eines gemeinschaftlich begangenen Verbrechens oder eines Erbstreits – sicher sein; ⇨ Geld.

antik, [Adj., latein.-franz.] ⇨ *Abb. S. 11.*

Apostrophe, [fem., –, –n, deutsch-griech.-latein.] Abschnitt eines Gedichts der 68er-Bewegung, z. B. in so geistreichen Formulierungen wie »Wer zweimal mit derselben pennt, gehört schon zum Establishment.« ⇨ Studierende.

a priori, [latein.] von vorn herein, *Gegenteil von* a propo; ⇨ Live-Sex-Show.

Arbeiterbewegung, [fem., –, –en] *anderes* ⇨ *Wort für* Betriebssport; ⇨ Fußball.

Arbeitslosenstatistik, [fem., –, –en, deutsch-latein.] ob jemand nun wirklich arbeitslos ist oder nicht, ist eine Frage der Einstellung; ⇨ Stellensuche.

Arbeitsmoral, [fem., –, deutsch-latein.-franz.] »Warum ist dein Vater so dumm, trotz einer Grippe zu arbeiten?« – »Mein *Alter schützt vor Torheit nicht* einmal eine Erkäl-

Arche Noah

tung vor.« ⇨ Erkältungs-
krankheit.

Arche Noah, [fem., –, latein.]
⇨ *Abb. S. 13.*

Architekt, [mask., –en, –en,
griech.-latein.] man erwartet
von Architekten nicht nur,
dass sie alles in- und auswän-
dig beherrschen, sondern
auch, dass dieses Wissen
hausbaufähig ist und dass sie
in der Lage sind, frei ste-
hende Wohnungen zu errich-
ten; ⇨ Hausrat.

Arier, [mask., –s, –, Sanskrit-la-
tein.-ital.] *anderes ⇨ Wort für*
Opernsänger; ⇨ Sopran.

Armbrust, [fem., –, –brüste]
⇨ *Abb.*

Armenien, [neutr., –s] seltsam:
*Arm*enien war mal Reich;
⇨ Geiserreich.

Armut, [fem., –] bezeichnet den
Zustand, der besteht, wenn
die finanzielle Situation in
Korrelation zu der eines
Kleinnagetiers in sakralen
Gebäuden steht; ⇨ Kirchen-
maus.

Arsch, [mask., –s, Ärsche]
⇨ *Abb.*

Arsch mit Uhren

Arsenaal, [mask., –s, –e, griech.-
latein.-deutsch] der Genuss
führt zur Fischvergiftung;
⇨ Buchstabe.

Armbrust

14

Art-Genosse, [mask., –n, –n, engl.-deutsch] *salopp für* Künstlerkollege; ⇨ Kunstgeschichte.

asoziiert, [Part. Perf., griech.-latein.] *gehoben für* heruntergekommen; ⇨ pejorativ.

Aspirin, [neutr., –s, eingetr. Wz.] die steigenden Aspirin®-Preise bereiten uns Kopfschmerzen; ⇨ Medikation.

Astronom, [mask., –en, –en, griech.-lat.] die Frage ist: Wie sieht man das All gegenwär-

DIN A4

tig? Denn die Astronomen (terrestrische Vereinigung) sind vor allem an allem außer Irdischem interessiert; ⇨ Sky®-Walker.

@-@, [Präp., engl.] at-at, *englisch für* bei-bei.

Atommüllendlager, [neutr., –s, –, griech.-latein.-deutsch] da wird ⇨ es laut Auskunft der Atomwirtschaft nie irgendwelche Probleme geben – mit an Wahrscheinlichkeit grenzender Sicherheit; ⇨ Kirchenschiff.

Attila, † 453, der Vorreiter aller Vorreiter; ⇨ Höckerschwan.

Audi, [mask., –s, –s, latein., eingetr. Wz.] ⇨ *Abb. S. 15.*

Aufnahmegebühr, [fem., –, –en] Honorar für einen Fotografen; ⇨ Fuji-Film®.

aufzäumen, [trans. Vb.] das Aufzäumen von Zugtieren (z. B. Zug- oder Lokvögeln) gilt als sehr anstrengende Tätigkeit; ⇨ Pferdeteller.

Augenarzt, [mask., –es, –ärzte] Augenärzte fassen manchmal etwas ins Auge – da kann man nur hoffen, dass sie nicht irgendwann ein Auge zudrücken, sondern uns schöne Augen ⇨ machen; ⇨ Sehsam.

auseinanderbauchen, [intrans. Vb.] *Gegenteil von* zusammenrücken; ⇨ Rückenpfeiler.

ausnehmen, [trans. Vb.] selbst blöde Gänse können ausgenommen nett sein; ⇨ Geflügelassekuranz.

Aussprachefehler, [mask., –s, –] Manko bei einem problemorientierten Zwiegespräch; ⇨ Eheleben.

Außenmitarbeiter, [mask., –s, –] wer das Leben im Hotel nicht mehr ertragen kann, ⇨ geht in Pension; ⇨ Altersheim.

AußenmitarbeiterInnen, [Plur.] *feministInnenAußensprachlich für* InnenMitarbeiterAußen bzw. Mitarbeiter; ⇨ /-innen-Ministerium.

Außenpolitik, [fem., –, deutschgriech.] hier weht ein ⇨ Fischer Wind; ⇨ Bundestag.

austöchtern, [refl. Vb.] *feministInnenAußensprachlich für* aussöhnen; ⇨ Women-Struation.

autogenes Training, [neutr., –s, griech.-latein.-franz.-engl.] Fortbildung für Schweißer; ⇨ schmiedeeisern.

Autokratie, [fem., –, –n, griech.] unumschränkte Herrschaft von Kraftfahrzeugen, selbst die Liebe (⇨ Ego-Therapie) ⇨ geht ⇨ durch den Wagen – kein Wunder, dass da so mancher die Selbst-Beherrschung verliert; ⇨ Gebrauchtwagen.

Automatik, [fem., –, –en, griech-latein.] *Gegenteil von* Handgelenk; ⇨ Manuel zu Bedienen.

Autorenfahrer, [mask., –s, –, latein.-deutsch] Schriftsteller-Chauffeur; ⇨ Formel-1-Rennen.

Ayatollah, [mask., –s, –s, pers.] irgend so'n Schiit; ⇨ Mekka.

B

babbeln, [intrans. Vb.] *schwätzer-dütsch für* Smalltalk; ⇨ Besprechstunde.

Babysitten, [Plur., engl.-deutsch] Verhaltensweisen von Säuglingen; ⇨ Stillelement.

Bach, Johann Sebastian, * Eisenach 21. März 1685, † Leipzig 28. Juli 1750, bei so einem Namen (B-A-C-H) und dem daraus resultierenden Spiel-Fluss wäre er eigentlich befugt (⇨ Tonfigur) genug gewesen, die »Moldau« zu schreiben, aber alles ging den Bach hinunter. Trotzdem trugen auch später viele *Spieler seinen Namen*; ⇨ Volksmusik.

Bäcker, [mask., –s, –] *anderes* ⇨ *Wort für* Brötchengeber; ⇨ Brot.

Backpapier, [neutr., –s, deutsch-griech.-latein.] Ausgangsmaterial für die Herstellung von Klebe-Etiketten;   ⇨ büroklammern.

Backstube, [fem., –, –n, deutsch-latein.] ⇨ *Abb.*

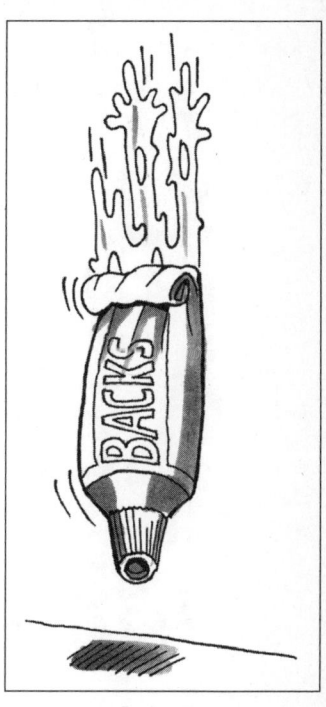

Backstube

Bacon, Francis »Mac«, * London 22. Januar 1561, † Highgate 9. April 1626, putziger ⇨ Philosoph, der für die Hygiene Standards setzte: »Wischen ist Macht.« ⇨ Butzefrau.

Bad, [neutr., –es, Bäder] sollte das Bad in einer Wohnung zu groß sein, kann man ⇨ es einlaufen lassen; ⇨ Ebadewanno®.

bahnbrechend, [Adj.] ⇨ *Abb.*

bahnbrechend

Bake, Bake, Kuchen, [deutsch] Lied der Service-Kräfte im ICE®; ⇨ Zuggewinngemeinschaft.

Balkonkasten, [mask., –s, –kästen, franz.-deutsch] nicht nur für Pflanzenfreunde dürfte folgender Tipp interessant sein: Kaufen Sie sich Balkonkästen aus Glas. So können Sie sich schon mal in Ruhe die Radieschen von unten ansehen; ⇨ Vegetationsperiode.

Ballaballaballade, [fem, –, –n, deutsch-latein.-engl.] Form von niederer Lyrik; ⇨ Paar-Reim.

Balladé, [deutsch-latein.-franz.] *sportsprachlich für* Verlust eines kugeligen, luftgefüllten Sportgegenstands; ⇨ Fußballer.

Ballsport, [mask., –s, deutsch-latein.-franz.-engl.] Top-Spin oder Back-Spin – da muss man schon genau unterschneiden; ⇨ Eintracht Prügel.

Ballwechsel, [mask., –s, –] *anderes* ⇨ *Wort für* Party-Tour; ⇨ Völkerball.

Baltikum, [neutr., –s, latein.] »⇨ Wir können mit dem Essen anfangen, so Baltikum.« ⇨ Letten-Lover.

Bambus, [mask., –ses, –se, malai.-niederl.] *scherzhaft für* öffentliches Verkehrsmittel in Bamberg.

Bambussprosse, [fem., –, –n, malai.-niederl.-deutsch] Teil der Bambusleiter; ⇨ Jakobs Leiter.

Bananenschale, [fem., –, –n, port.-deutsch] ⇨ *Abb. S. 21.*

Bandgeschwindigkeit, [fem., –, –en, engl.-deutsch] Weg pro Strecke bei einem Spielmannszug; ⇨ Volksmusik.

Barhocker, [mask., –s, –] jemand, der auf seinem ⇨ Geld sitzt; ⇨ Broker.

Barnard, Christiaan, * Beaufort West 8. November 1922, † Papho 2. September 2001, nachdem er sein Herz für die Chirurgie entdeckt hatte und überhaupt gern von Herzen sprach, nahm er sich ein Herz und schenkte ⇨ es seinem Patienten, der etwas auf dem Herzen hatte. Aber das war auch schon alles: Übers Herz brachte Barnard ⇨ es nicht; ⇨ Herzrasen.

Bastart, [fem., –, –en] Rindensorte; ⇨ Matscheibe.

Bauchredner, [mask., –s, –] Bauchredner reden, wie ihnen der Nabel gewachsen ist; ⇨ Mutterkuchen.

Bananenschale

Baumarkt, [mask., –s, –märkte, deutsch-latein.]   Supermarkt im Knast;   ⇨ Ankreidekabine.

Bauzeichnung, [fem., –, –en] ⇨ *Abb. S. 22.*

Baumschutz, [mask., –es] der Schutz der Bäume kommt allen zugute, auch wenn wir uns dabei total beschattet fühlen; ⇨ Cinezweig.

Beau, [mask., –s, –s, latein.-franz.] diese Schönlinge haben meistens Vornamen wie Harry oder Bill; ⇨ Fruchtgummi.

Bedienungsanleitung, [fem., –, –en] wichtiger Ausbildungsabschnitt vor der Prüfung zum Ober. Nach der Bedienungsanleitung wird er dann beim Abschluss der Oberschule befrackt; ⇨ Serviervorschlag.

begatten, [trans. Vb.] ein ⇨ Wort, das sich mit befruchten deckt; ⇨ Deckname.

Behördengermanistik, [fem., –, deutsch-latein.] *dienststellensprachlich für* Amtsdeutsch; ⇨ Innenstadt.

Beinbehaarung, [fem., –, –en] verursacht bei manchen ⇨ Frauen epilierende Anfälle; ⇨ Haare.

Beinkleid, [neutr., –s, –er] *Literaturhinweis*: »Der Name der Hose« von Frère Jacke; ⇨ Slip.

Beißsteuern, [Plur.] Gebühren für das Halten von Kampfhunden; ⇨ Rasenfläche.

Bell, Alexander Graham, * Edinburgh 3. März 1847, † Baddeck 1. August 1922, Erfinder der Telefonklingel – bei dem Namen eigentlich kein Wunder; ⇨ Telefonhörer.

Berg, [mask., –es, –e] Berge sind, zumindest für ⇨ Geologen, etwas Verwerfliches – aber vielleicht sollten ⇨ wir da erst einmal genauere Erdkundigungen einziehen; ⇨ Mount Everest.

Bergbau, [mask., –s] die Schichtarbeit in den unteren Schichten gilt als besonders sphäre Tätigkeit; ⇨ Geologe.

Bergwanderung, [fem., –, –en] eine Bergwanderung sollte nur mit dem entsprechenden Schuhwerk unternommen werden: Besonders in einigen als besonders schlammig gel-

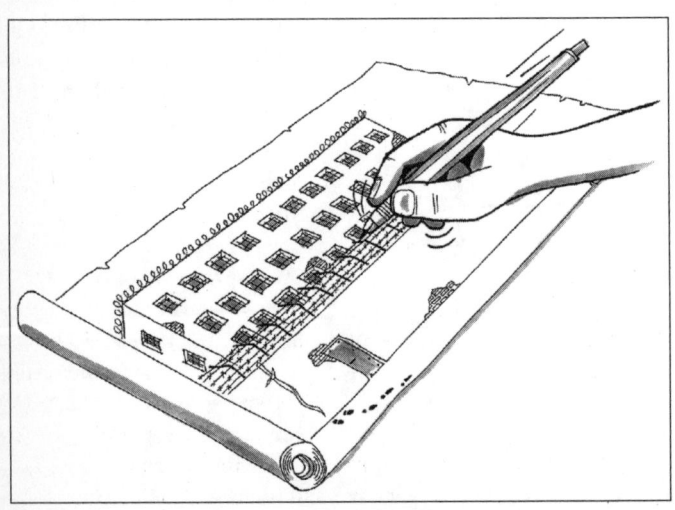

Bauzeichnung (Aufsicht)

tenden mittelitalienischen Gebirgen kann man sehr leicht abruzzen; ⇨ Wanderurlaub.

Berichterstattung, [fem., –, –en] *anderes* ⇨ *Wort für* Journalisten-Honorar; ⇨ FAZke.

Berieselungsanlage, [fem., –, –n] *anderes* ⇨ *Wort für* Fernseher; ⇨ Frank Zapper.

Berlin, [neutr., –s] Berlin gilt als das ⇨ Mekka der Sehbehinderten: Unter den Linden ist der Einäugige König; ⤳ Reistagsgebäude.

Bermudashort, [mask., –s, –e, engl.-deutsch] Kindergarten im westlichen Nordatlantik; ⇨ Muttivation.

Beruhigungsmittel, [neutr., –s, –] entzuckendes Medikament; ⇨ Aspirin®.

Beschaffungskriminalität, [fem., –, deutsch-latein.] Grund für die steigende Beschaffungskriminalität sind die hohen Fix-Kosten; ⇨ Heroin.

Beschäftigung, [fem., –, –en] wichtige Phase bei der Produktion von Stiefeln; ⇨ Letten-Lover.

Besprechstunde, [fem., –, –n] Öffnungszeiten bei einem Wunderheiler; ⇨ anfassen.

Bett, [neutr., –s, –en] da legst di’ nieder; ⇨ Diwan der Schreckliche.

Bettler, [mask., –s, –] ansprechendes Wesen; ⇨ Kassierer.

bevor, [Konj.] »ehe«-ähnliches Bindewort; ⇨ Kilogrammatik.

Bewegung, [fem., –, –en] *anderes* ⇨ *Wort für* Straßenbau; ⇨ Spargasse.

Beweißmittel, [neutr., –s, –] *anderes* ⇨ *Wort für* Kalk; ⇨ Kalker.

bewiesen, [trans, Vb.] *anderes* ⇨ *Wort für* begrünen; ⇨ Ackerbau.

Beziehungsproblem, [neutr., –s, –e, deutsch-griech.-latein.] mit seiner Liebe Last haben, typische Situation: »Ich weiß, ⇨ wir sind ⇨ spät dran, aber ich muss noch Make-up auftragen.« – »Das kannst du dir abschminken!«; ⇨ Eheleben.

Bienensprache, [fem., –] »Wohin bringt uns der Imker denn heute?« – »Schon wieder zu einem Rapsfeld, wenn meine übelsten Befruchtungen wahr werden.« – »Verstößt das nicht gegen das Bestäubungsmittelgesetz?« – »Naja, solange wir nicht

schon wieder Äpfel beschä-
len müssen.« ⇨ imkern.

Bienenvolk, [neutr., –s, –völker]
ein Bienenvolk ist mehr als
das Summen der Einzelteile;
⇨ Wachstum.

Bierdackel, [mask., –s, –]
⇨ *Abb.*

Bierdackel (Schnapsschuss)

Bierholer, [mask., –s, –] »Ich
war früher Bierholer.« –
»Und?« – »Ich habe ⇨ es
sogar zum Meister gebracht.«
⇨ Holverbot.

Big Mac, [mask., –s, –s, eingetr.
Wz.] ⇨ *Abb.*

Ein Apple® und ein Ei

Big Prasser, [mask., –s, –, engl.-
deutsch] *millionärssprachlich
für* Geldverschwender, die
ihr ⇨ Geld containerweise
ausgeben; ⇨ Geizhals.

Bildungsreise, [fem., –, –n]
Kurzwort für Fahrt ins
Schlaue – eine schöne Me-
thode, sich zu entblöden;
⇨ Wanderurlaub.

bimmeln, [intrans. Vb.] Ding-
wort; ⇨ Tu-Wort.

binär, [Adj., latein.] »Mein
Sohn hat ein Gehirn wie ein
⇨ Computer.« – »Wahnsinn!
Wie hast du das bemerkt?« –
»Er kann nicht bis drei zäh-
len.« ⇨ Dummheit.

Bingen, [neutr., –s] hat eine bei Nahe Nahe zu persönliche Nahe zum Rhein; ⇨ Rheinisches Skifahrgebirge.

Birne, [fem., –, –n, latein.] über Birne macht man immer noch apfelige Bemerkungen; ⇨ Helmut Kohl.

bisexuell, [Adj., latein.] z. B. erst Cindy & Bert und dann Ernie & Bert; ⇨ Fürstengeschlecht.

Bitsteller, [mask., –s, –, engl.-deutsch] a) *computerfachsprachlich für* Software-Produzent; ⇨ Microsoft®; b) *scherzhaft für* Kellner im Bitburger Raum, ⇨ Castronomie.

Bläher, Tony, * Edinburgh 6. Mai 1953, gilt als der Farter der neuen Leber, daher sind ihm auch Kneipen alles andere als *pubs*-egal; ⇨ Donkey Schotte.

Blei, [neutr., –s] »Wie viel wiegen eigentlich 16 Tonnen Blei?« – »Frag mich mal was Leichteres!«

Blitz, [mask., –es, –e] Blitze wissen oft nicht, welchen Weg sie einschlagen sollen; ⇨ Donnerwetter.

Bloody-Building, [neutr., –s, –s, engl.] *englisch für* Schlachthof; ⇨ BSE-Hack.

Blume, [fem., –, –n] Vorsicht beim Blumenkauf: Nicht bei jeder roten Ampel anhalten! ⇨ Balkonkasten.

Body-Building, [neutr., –s, –s, engl.] *englisch für* Leichenschauhaus; ⇨ Sargträger.

Bonara, Karl, * New Del 24. Juli 1923, überflog zusammen mit dem Amerikaner Al Denty erstmals den großen Toig; ⇨ Zahnpasta.

Bonbonbon, [mask., –s, –s, latein.-franz.] Nachweis über den Kauf von Süßigkeiten; ⇨ Fruchtgummi.

Boots-Anhänger, [mask., –s, –, engl.-deutsch] *anderes ⇨ Wort für* Stiefel-Fetischist; ⇨ Beschäftigung.

Böttcher, [mask., –s, –] alte Küfer-Weisheit: Lieber eine Daube in der Hand als ein Fass auf dem Dach; ⇨ Redewendung.

Boxerschwanz, [mask., –es, –schwänze, engl.-deutsch] Boxerschwänze – oft kupiert, nie erreicht. Selbst schuld, wer das nicht kupiert; ⇨ Hund.

Bratenfonds, [mask., –, –, franz.]

Schaf auf die Wies'n

Möglichkeit zur ⇨ Geldanlage, man sollte sich aber erst ausführlich braten lassen; ⇨ Y-Achse.

Bratkartoffelverhältnis, [neutr., –ses, –se] *veraltend für* Mitesser; ⇨ Kot-Tangens.

Brausepulver, [neutr., –s, –, deutsch-latein.] *ein anderes ⇨ Wort für* Bade-⇨ Salz; ⇨ Dusche.

Bredung, Vera, * Datin' (Ohio) 23. Mai 1971 19.30 Uhr vorm Kino, vorgeschobene Ausreden bringen sie zum Platzen, ⇨ Pünktlichkeitsfanatiker.

Brenner-Pass, [mask., –es, –pässe, österr.-latein.-franz.] Lizenz zum Anfertigen von CD-Kopien; ⇨ Computer-Absturz.

Brief, [mask., –es, –e, latein.] a) unser Tipp: Briefe immer gut feucht halten und vor direkter Sonne schützen: Bei uns sind schon viele Briefe eingegangen; b) ⇨ es genügt nicht, einfach einen Brief zu schreiben: Spätestens auf der ⇨ Post müssen dann noch frankierende Maßnahmen ergriffen werden; ⇨ Sege-Mail.

Briefwahl, [fem., –, –en, latein.-deutsch] die meisten entscheiden sich dabei für DIN A4; ⇨ Audi®.

Briegarde, [fem., –, –n, franz.] Käseleibwache; ⇨ Gardine.

Brille, [fem., –, –n, latein.] das Gestell wirkt zwar manchmal ein bisschen aufgesetzt, aber man sollte eine Brille mit Fassung tragen – nur dann kann man wirklich brillieren; ⇨ Augenarzt.

Broker, [mask., –s, –, engl.] sind dafür bekannt, dass sie nicht nur reden, sondern auch anlagebedingt nach ihren Devisen (⇨ Abb. S. 26) handeln; ⇨ Hans Dachs.

Brot, [neutr., –es, –e] die armen Brote haben ⇨ es wahrlich nicht leicht: Ständig besteht Gefahr für Laib und Leben; ⇨ Backpapier; ⇨ Abb.

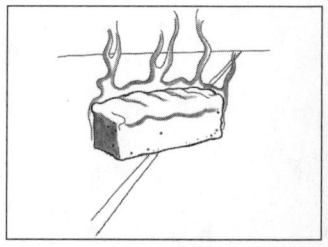

Brot auf Strich

Bruchbude, [fem., –, –n] Behausung für Mathematik-Studenten; ⇨ Die Brüche von Arnheim.

Bruchlandung, [fem., –, –en] wenn schon Bruchlandung, dann lieber ⅓ als ⅞; ⇨ Concorde®-Pilot.

BSE, [fem., –, engl.] als Hilfe für den Alltag hier eine Liste mit den wichtigsten ⇨ Wörtern, die vom Rinderwahn befallen sind: ⇨ **ABSE**its, **ABSE**nder, **ABSE**tzung, Betrie**BSE**igentum, Einschie**B-SE**l, Er**BSE**, Gewe**BSE**ntzündung, Ha**BSE**ligkeiten, Hal**BSE**ide, Hera**BSE**tzung, Henrik I**BSE**n, Kor**BSE**ssel, Kre**BSE**rreger, O**BSE**quien, O**BSE**rvatorium, Trü**BSE**ligkeit, Überblei**BSE**l, Wei**B-SE**n; ⇨ Maul- und Klauenseuche.

BSE-Hack, [neutr., –s, engl.-deutsch] *Kurzwort für* durchgedrehtes Rindfleisch; ⇨ Lauf-Steak.

Buchdruck, [mask., –s] Bände gut, alles gut; ⇨ Schriftsteller.

Buchstabe, [mask., –ns, –n] da gibt's manchmal so viele auf einmal in der Buchstabensuppe: Der Seeelefant von den Hawaiiinseln lauschte dem Zooorchester bei Teeextrakt und Nussstrudel. Nicht reden wollen ⇨ wir von dem schlangenähnlichen ⇨ Fisch, der manchmal bis in die Masten von Segelschiffen hinaufklettert: der Raaaal; ⇨ Enter-Taste.

Bügelwäsche, [fem., –] Kleidungsstücke, die man nach dem Waschen direkt auf einen Bügel hängen kann; ⇨ Mangelberuf.

Bulimie, [fem., –, griech.] krank und schlank; ⇨ Abnehmer.

Bullette, [fem., –, –n] *anderes* ⇨ *Wort für* Polizistin; ⇨ Klistier.

Bundespräsident, [mask., –en, –en, deutsch-lat.-franz.] »Grüß mir den Rau, aber herzlich!« ⇨ Berlin.

Bundestag, [mask., –s, –e] *anderes* ⇨ *Wort für* 3. Oktober; ⇨ Problemzone.

Bundeswehr, [fem., –] die Angst des kleinen ⇨ Mannes (»Watt-⇨ Soldat?«): Hier werden auch die Kürzeren gezogen und mit offenen Armeen empfangen; ⇨ Dienstgradabzeichen.

Bundhose, [fem., –, –n] *Kurzwort für* Teil der Bekleidung deutscher ⇨ Soldaten.

Bungeejumping, [neutr., –s, engl.] Bungeejumping hat ⇨ es ja einigen Leuten angetan; aber bevor ich mir das antue, tue ich mir lieber etwas an; ⇨ Knautschuk.

büroklammern, [intrans. Vb.] sexuelle Belästigung bei der Arbeit am Schreibtisch; ⇨ Schreibtischschlampe.

Butterfahrt, [fem., –, –en] »Unser täglich Boot gib uns heute.« ⇨ übersetzen.

buttern, [intrans. Vb.] »Hilfst du mir jetzt beim Buttern?« – »Mach doch deinen Rahm alleine!« ⇨ Kuh.

Butzefrau, [fem., –, –en] *feministInnenAußenfachsprachlich für* Butzemann; ⇨ Sauberkünstlerin.

C

Cane, Harry, * La Boe 12. Juli 1866, † Windhuk 18. August 1924, hatte eine stürmische Affäre mit Thor Nado; ⇨ Windjammer.

Car diNal, Claudia, * Tunis 15. April 1939, Erfinderin des Papamobils – ⇨ wir wussten es ja schon immer: ⇨ Gott liebt Daimler®; ⇨ Mercedes.

Cäsar, Gajus Julius, * Rom 13. Juli 100 v. Chr., † Rom 15. März 44 v. Chr., erlebte beim Anblick seiner Gehaltsabrechnung eine netto Überraschung: »Auch du, mein Lohn, brutto!« ⇨ römische Geschichte.

Castronomie, [fem., –, –n, kuban.-latein.] *veraltend für* kubanische Wirtschaft; ⇨ Drinklichkeitsantrag.

Cathoden, [mask. –s, –, engl.-deutsch] äußeres Geschlechtsorgan bei Katzentieren; ⇨ Inlineskater.

CD-Reinigung, [fem., –, –en, engl.-deutsch] *neues* ⇨ *Wort für* Platte putzen; ⇨ Singlehaushalt.

CDU, [fem., –, eingetr. Wz.] bei der CDU® lief der Wahlkampf lange Zeit wie geschmiert; ⇨ Helmut Kohl.

Cent, [mask., –s, –s, latein.] ist keine zehn Pfennig wert; und ⇨ wir haben auch nicht für fünf Pfennig Lust zu erklären, warum; ⇨ EZB.

Cha-Cha-Charisma, [neutr., –s, –mata, span.-griech.-latein] Ausstrahlung von Mambo-Tänzern; ⇨ Letten-Lover.

Charles, * London 14. November 1948, Prinz mit geringen Erbfolgsaussichten; ⇨ Windsor-Genossenschaft.

chic, [Adj., franz.] *typischer Fall von* Modewort; ⇨ Kuhtür.

Chinatown, [fem., –, –s, engl.] manchmal klein, aber Soho; ⇨ Reistagsgebäude.

Chirurg, [mask., –en, –en, griech.-latein.] erst begrüßen sie einen freundlich und man denkt schon an dinieren, dann wird man von ihnen geschnitten und sie denken nur an die Nieren; ⇨ Christiaan Barnard.

Cinezweig, [mask., –s, –e, griech.-franz.-deutsch] *scherzhaft für* kleiner Cineast; ⇨ Schauspieler.

Cochem, [neutr., –] Stadt in Sud-⇨Deutschland.

Computer, [mask., –s, –, engl.] ⇨ *Abb.*

Herunterfahren eines Computers

Computer-Absturz, [mask., –es, –stürze, engl.-deutsch] die zunehmende Verbreitung unserer elektronischen Freunde ist nicht ganz ungefährlich: Beim letzten Unfall auf der Datenautobahn gab ⇨ es zahlreiche Vernetzte; ⇨ Bill Gates.

Computer-Spezialist, [mask., –en, –en, engl.-latein.-franz.] die Anwerbung von Computer-Spezialisten aus dem Ausland steckt noch in den Inderschuhen; ⇨ Grien-Card.

Concorde-Pilot, [mask., –en, –en, griech.-ital.-franz.] ⇨ Flugzeug-Führer mit Schall im Nacken; ⇨ Flugverkehr.

cookie-dent, [eingetr. Wz.] Zahncreme für ⇨ Web-Designer.

Coolie, [mask., –s, –s, engl.-deutsch] ⇨ *Abb.*

Coolie

Cracker, [mask., –s, –, engl.] *Kurzwort für* ⇨ Kokain-Konsument.

Crash-Test, [mask., –s, –s, engl.-latein.-franz.] Dummy-Ziel; ⇨ Computer-Absturz.

Crème frêch, [fem., –, franz.] ⇨ *Abb.*

Crème frêch

Creutzfeldt-Jakob

34

Creutzfeldt-Jakob, [neutr.] ⇨ *Abb. S. 34.*

Curryculum, [neutr., –s, –cula, tamil.-indisch-engl.-latein.] Lehrprogramm für indische ⇨ Köche.

Cutterfrühstück, [neutr., –s, –e] morgendliche Arbeitsunterbrechung in der Filmbranche; ⇨ Thema.

Cybermasturbation, [fem., –, –en, engl.-latein.] *cybersexsprachlich für* sich mit dem Joystick einen downloaden; ⇨ Internetzugang.

D

Dachs, Hans, *Nürnberg 5. November 1494, †Nürnberg 19. Januar 1576, Meistersinger, besonders in Frankfurt an der Börse war man gespannt, ob der Dachs singt; ⇨ Speckulation.

Daewoo-Roller, [mask., −s, −, eingetr. Wz., korean.-deutsch] Zweirad aus Fernost; ⇨ Motorrad.

Dalai-Lahma, [mask., −s, mongol.-tibet.-deutsch] Oberhaupt aller Fußkranken; ⇨ Krücke.

Damträgheit, [fem., −, −en, latein.-franz.-deutsch] Faulheitsanfall bei ⇨ Frauen.

Dattelautomat, [mask., −en, −en, griech.-latein.-span.-ital.] südländisches Gegenstück zu unseren Spielautomaten; ⇨ Abb.

Daum-Syndrom, [neutr., −s, −e, deutsch-griech.] ⇨ Abb. S. 38.

Deckel, [mask., −s, −] warum ist eigentlich bei einem Bierglas in der Kneipe der Deckel unten? ⇨ Castronomie.

Deckname, [mask., −ns, −n] Kennwort für anonyme Samenspender; ⇨ Samen.

Delfin, [mask., −s, −e, griech.] der Schwarm vieler: Delfine gehören zu den wenigen Säugetieren mit Schul-Bildung; ⇨ Jona.

Delikatesse, [fem., −, −n, latein.-franz.] Delikatessen sind manchmal eine delikate Angelegenheit: »Was fällt Ihnen ein, bei dieser Hitze ausgerechnet Haizungen zu servieren?« ⇨ Kellner.

Dattelautomat

37

depfennig, [Adj., latein.-deutsch] *veraltend für* decent; ⇨ Cent.

Desserteur, [mask., −s, −e, griech.-latein.-franz.] Spezialist zur Bereitung von Nachspeisen; ⇨ Horst d'Œuvre.

Deutsche Bahn AG, [fem., −, eingetr. Wz.] nicht nur die Fahrgäste, sondern auch die dort ⇨ Angestellten warten auf Beförderung.

Deutschland, [neutr., −s] lange galten ja die USA als das Land der unbegrenzten Mög-

Daum-Syndrom:
Auf der ganzen Linie versackt

lichkeiten (»Vom Tellerwäscher zum Millionär«), aber in Deutschland hat ⇨ es schon einmal einer vom einfachen Beckenbauer zum Kaiser gebracht; ⇨ Hamburg-Alzheimer®.

Diadas, [neutr., −ses, −se, griech.-latein.] meist im Dativ (⇨ Akkudativ) verwendet: Diadem; ⇨ Maul- und Klauenseuche.

Diät, [fem., −, −en, griech.-latein.] da möchte sich wohl niemand unnötig beschweren, obwohl ⇨ es geradezu unfastbar ist, dass man sich ausgerechnet viel der Sachen enthalten muss, die viel enthalten (und die sind dabei nicht einmal im Preis enthalten); ⇨ Bulimie.

Die Brüche von Arnheim, [Filmtitel] niederländischer Mathematik-Lehrfilm über die Zweidrittel-Gesellschaft in einem brüchigen Stadtviertel und andere bruchstückhafte Halbwahrheiten; ⇨ Lebenslauf.

Die Zeit, [eingetr. Wz.] ist auch nicht Die Welt®.

Dienstgradabzeichen, [neutr., −s, −] *anderes ⇨ Wort für* Anführungsstriche; ⇨ Konteradmiral.

Dichtkunst, [fem., –, –künste] ⇨ *Schiller*: »Was hält er von ⇨ Hanf?« – ⇨ *Goethe*: »Darauf kann ich mir keinen Reim ⇨ machen.« ⇨ Erlkönig.

Dingsbums, [mask., –es, –e] neckisches Spielchen mit Dildo oder Gummipuppe; ⇨ Gegenstand.

Diskette, [fem., –, –n, griech.-latein.-franz.-engl.] ⇨ *Abb.*

Diskette

Diskontsatz, [mask., –es, –sätze, latein.-ital.-deutsch] »Warum hast du diese Aufgabe zur Zinsrechnung nicht gelöst?« – »Diskont ich nicht.« ⇨ Satzlehre.

Dissetation, [fem., –, –en, deutsch-latein.] ⇨ Doktorarbeit über Tanzlokale.

dissi-dent, [eingetr. Wz.] Zahncreme für kritische ⇨ Geister.

Division, [fem., –, –en, latein.] Warum heißt eine Division ausgerechnet Resultat? ⇨ Bruchlandung.

Divisionsstab, [mask., –s, –stäbe, latein.-deutsch] *ein anderes* ⇨ *Wort für* Bruchstrich; ⇨ Bundeswehr.

Diwan der Schreckliche, * Moskau 25. August 1530, † Moskau 18. März 1584, unbequemer Herrscher über Kautschien, eroberte später noch Sofastan, Liegien, Sesselsibirsk, Kanapekistan, Ottomansk und Scheslongistan; ⇨ Kautschuk.

d'Œuvre, Horst, * Dessert Island 18. September 1951, französischer Erfinder der Vorspeise; ⇨ Nachspeise.

Dokomentarfilm, [mask., –s, –e, deutsch-latein.-engl.] Film über

39

Doppelkopfspieler mit der Frage: Wer hat den größten Stich? – Wer nicht ausspielt hat ausgespielt; ⇨ Spielkartenfarbe.

Doktorarbeit, [fem., –, –en, latein.-deutsch] z. B. Krankheiten heilen und Schmerzen lindern; ⇨ Besprechstunde.

Dollar-Kurs, [mask., –es, –e, amerik.-deutsch] Fortbildungs-Maßnahme für Banker und ⇨ Broker, u. a. werden reißerische Lehrfilme, so genannte Aktien-Thriller, vorgeführt; ⇨ US-Wirtschaft.

Dönerstag, [mask., –s, –e, türk.-deutsch] hoher Feiertag in der Türkei. Man knetet zu Allah, dass einem nicht der Fladen reißen möge; ⇨ Untertürkheim.

Donnerbalken, [mask., –s, –] massive Ausführung eines Blitzableiters; ⇨ Blitz.

Donnerwetter, [neutr., –s, –] ⇨ *Abb.*

Gewitterwolken

Doppelachter, [mask., –s, –] sehr vorsichtiger Mensch; ⇨ Luderboot.

doppelt, [Adj.] Doppel-⇨Tee schreibt man mit Doppel-p und Doppel-e; ⇨ Duden®.

Dorfbahnhof, [mask., –s, –höfe] *Kurzwort für* Zug ⇨ durch die Gemeinde; ⇨ Deutsche Bahn AG®.

dornig, [Adj.] *Norddeutsche unter sich*: »Vielen Dank für die schöönen Rosen, nä.« – »Dornig für.« ⇨ Nordfriesland.

Dosis, [fem., –, Dosen, griech.-latein.-franz.] *Süddeutsche unter sich*: »Herr Doktor, soll ich wirklich dreimal täglich drei Tabletten nehmen?« – »Dosis richtig.« ⇨ Bambus.

Dreiklang, [mask., –s, –klänge] man sollte versuchen, übermäßigen Terz zu vermindern; ⇨ Lautgesetz.

Dreispitz, [mask., –es, –e] ein echt alter Hut; ⇨ Hausaufgabe.

dreiundzwanzig Uhr fünfundfünfzig, *gehoben für* fünf Minuten vor zwölf; ⇨ Pünktlichkeitsfanatiker.

Dresdner Swinger, [mask.,–s,–, deutsch-engl.] ostdeutscher Verein für sachsuelle Ausschweifungen; ⇨ Dynamo.

Drillmaschine, [fem., –, –n, deutsch-griech.-latein.-französ.] *scherzhaft für die* ⇨ Bundeswehr.

Drinklichkeitsantrag, [mask., –s, –anträge, engl.-deutsch] *wirtschaftssprachlich für die* sufferäne Bestellung einer schnellen Runde; ⇨ Bierdackel.

Drogenselbsthilfegruppe, [fcm., –, –n] so genannte Hänflinge unter sich; ⇨ *Abb. S. 42.*

Drückerkolonne, [fem., –, –n, deutsch-latein.-franz.] typisches Polizeigespräch:»Jetzt haben ⇨ wir schon sieben Hausierer geschnappt, lass uns nach Hause ⇨ gehen!« – »Nee, wir warten doch immer bis auf den letzten Drücker.« ⇨ Polizeiauto.

Druckerzeugnis, [neutr., –ses, –se] schriftliche Bestätigung über die erbrachten Leistungen im Druckerhandwerk; ⇨ Buchdruck.

Dschinn, [mask., –s, –s, arab.-niederl.-engl.] Wacholder- ⇨ Geist in der Flasche; ⇨ vollständig.

Ducks, [eingetr. Wz., engl.] Aktien-Index in Entenhausen; ⇨ Y-Achse.

Duden, [mask., –s, –, eingetr. Wz.] ist ein (sich nicht erst seit der Rechtschreibreform) wandelndes Lexikon; ⇨ Erklärwerk.

Dummheit, [fem., –, –en] man sollte endlich der Dummheit Einfalt gebieten! ⇨ Quellwolke.

Dummino, [neutr., –s, deutsch-latein.-ital.-franz.] einfaches Legespiel; ⇨ Crash-Test.

Dung, Bill, *Engrais-Fumier 31. Juni 1946, Liebling aller Klugscheißer und Korinthenkacker; ⇨ Pädagogik.

durch, [Präp.] ⇨ es hat ⇨ wenig

Drogenselbsthilfegruppe

Sinn, das ⇨ Wort durch zu diskutieren; ⇨ Präpositionsverkäufer.

Durchfallraten, [neutr., –s] »Wie oft hat denn unser Diarrhoe-Patient heute Nacht Kot ausgeschieden?« – »Gar nicht. Er hatte einen dichten Moment.« – »Na, dann brauchen ⇨ wir ja auch nicht das Kackerlaken zu wechseln.« ⇨ Eiliger Stuhl.

Durchmesser, [neutr., –s, –] mit einem Durchmesser stellt man fest, ob z.B. das Steak schon ⇨ durch ist; ⇨ Lauf-Steak.

Dusche, [fem., –, –n, latein.-ital.-franz.] angesichts der zum Teil erbärmlichen Konstruktion und geringen Zuverlässigkeit von Duschen läuft ⇨ es einem heiß und kalt den Rücken runter: »Erst ⇨ durch Baden wird man klug.« ⇨ Claude Eckel.

Duselfilm, [mask., –s, –e, deutsch-engl.] langweiliger Kinostreifen; ⇨ Gähn-Technologie.

Dynamo, [mask., –s, –s, griech.-engl.] Dynamo: Dresden, gibt's Licht; ⇨ Energieeinsparung.

E

Ebadewanno, [eingetr. Wz.] *anderes* ⇨ *Wort für* Eduscho®; ⇨ Bad.

ebenerdig, [Adj.] »Stell dir vor, ebenerdig meine Antenne, da kommt auch schon ein ↳ Blitz.« ↳ Donnerwetter.

ebergut, [Adj.] *Gegenteil von* saumäßig; ⇨ Ferkelzüchter.

echten, [trans. Vb.] *Gegenteil von* fälschen.

Eckel, Claude, * Bad Ezimmer 31. April 1899, † San Îtère 11. November 1943, Installations-⇨Künstler, der überall ein Örtchen mitzureden hatte; ⇨ Abschlagzahlung.

Edelgas-Forschung, [fem., –] da liegt noch einiges im Argon; ⇨ X.B. Liebig.

Ego-Therapie, [fem., –, –n, latein.-griech.] das ⇨ Mekka der Ego-Therapeuten ist die rheinland-pfälzische Landeshauptstadt: »Das ist Mainz.« ⇨ Arbeitsmoral.

Ehe, [fem., –, –n] Achtung: Zu dritt verboten! ⇨ Fremdenverkehr.

Ehemannzipation, [fem., –, –en, deutsch-latein.] Gleichberechtigung für Männer; ⇨ Frau.

Eheglück, [neutr., –s] ⇨ es sind da zwei Fälle verbürgt. 1. Herr und ⇨ Frau Laus: »⇨ Wir haben uns in den ⇨ Haaren gekriegt.« ⇨ Kopfjucken; 2. Herr und ⇨ Frau Motte: »⇨ Wir haben uns in der Wolle gekriegt.« ⇨ Schaf.

Eheleben, [neutr., –s] wenn der ⇨ Mann flieht: »Ohne Zwist!«, ändert sich's Gezeter, oder es bleibt wie ⇨ es ist; ⇨ Paar-Reim.

Ei, [neutr. –es, –er] der Sinn des Legens; ⇨ Otto Hahn.

Eichel, [fem., –, –n] *urologenfachsprachlich für* das Ende vom Glied; ⇨ Urologie.

Eigernordwand, [fem., –] Bergstock mit geringen Aufstiegs-Chancen, hinterlässt bei vielen ein Gefühl von Erklommenheit; ⇨ Wanderurlaub.

Eiland, [neutr., –s, –länder] Gebiet mit Hühnern in Bodenhaltung; ⇨ Legende.

Eiliger Stuhl, [mask., –s] *gehoben für* Durchfall; ⇨ Donnerbalken.

ein/ausgeben, [intrans. Vb.] *politisch korrekt für* eine Runde spendieren;   ⇨ Drinklichkeitsantrag.

eineschern, [trans. Vb.] *bestattungsfachsprachlich für* in einen Eschensarg legen; ⇨ Sargträger.

Einheitsbraille, [mask., –s, deutsch-franz.] internationale Blindensprache;   ⇨ Taubstumme.

155, [fem., –] Kardinalzahl, ⇨ Papst.

Einkaufskorb, [mask., –s, –körbe] denken ⇨ wir doch an die Umwelt: Den kostbaren Einkaufskorb schont man, indem man sich beim Einkauf immer Plastiktüten geben lässt; ⇨ Sky®-Walker.

einlegen, [trans. Vb.] lieber mal eine Pause als ständig Gurken.

Einsatz, [mask., –es, –sätze] *Gegenteil von* Aussatz; ⇨ Gegensatz.

Einschaltquote, [fem., –, –n, deutsch-latein.] die Einschaltquote bei laufenden Fernseh-

geräten liegt bei ca. 100 %; ⇨ Berieselungsanlage.

einschenken, [trans. Vb.] Füllwort; ⇨ Wirt.

Eintracht Prügel, [fem., –] über diesen Fußballverein waren keine näheren Informationen zu beziehen ohne Prügel zu beziehen; ⇨ Fußball.

Eisenmangel, [fem., –, –n] *Fachausdruck für* Maschine im Walzwerk; ⇨ schmiedeeisern.

Eiter, [mask., –s] immer wieder für Eiterkeit sorgen die verschiedenen Eiter-Sorten. Kleptomanisch veranlagt ist der so genannte Stehl-Eiter, von Hektik geprägt dagegen der Eil-Eiter; und so eiter und so eiter; ⇨ Stellensuche.

Eiweiß, [neutr., –es, –e] auch auf die Gefahr hin, dass einige jetzt total verdottert gucken: Eiweiß ist nicht das Gelbe vom ⇨ Ei.

Elch, [mask., –es, –e] elenlanges Tier; ⇨ Schwedenurlaub.

Elementarunterricht, [mask., –s, latein.-deutsch] *anderes* ⇨ *Wort für* Chemie-Kurs; ⇨ Edelgas-Forschung.

Elfmeter-Raum, [mask., –s, –Räume] hier haben auch

Leute mit einem so genannten Sockenschuss eine Chance – und sie überschreiten bisweilen sogar die Haltbarkeit; ⇨ Ballsport.

el tern, [mask., span.] *spanisch für* Vater, *weibliche Form* la terne (Mutter); ⇨ bevor.

Energieeinsparung, [fem., –, –en, griech.-latein.-franz.-deutsch] da gibt ⇨ es viele Möglichkeiten: Deckenventilatoren z. B. verbrauchen wesentlich weniger Strom, wenn man die Flügel abschraubt; ⇨ Windenergie.

Engländer, [mask., –s, –] Engländer nach dem Verkehrswesen auf der britischen Insel zu befragen ist eine vertruckte Angelegenheit. Auf die Frage: »Wie viele Laster gibt es in England?« bekommt man oft die Antwort: »Ich vices nicht.« ⇨ Victoria.

Englischunterricht, [mask., –s] a) »›Under no bloody circumstance I'm going to whitewash that, too.‹ Wie heißt das auf Deutsch?« – »Das weiß' ich auch nicht.« – »Gut, setzen.« ⇨ Kalker; b) »Wie lautet der indefinite Artikel im Engli-

schen?« –»Äh …«–»Gut, setzen.« ⇨ Scherzartikel.

Entedankfest, [neutr., –s, –e] höchster Feiertag der Donaldisten; ⇨ Ducks®.

Enterpreis, [mask., –es, –e, latein.-span.-niederl.-franz.] *Piratenjargon für* Prise; ⇨ Enter-Taste.

Enter-Taste, [fem., –, –n, latein.-span.-niederl.-ital.] Ausrüstungsgegenstand auf einem Piratenschiff; ⇨ Verdrängung.

entflohen, [trans. Vb.] z. B. schabige Küchen von Ungeziefern befreien, die besten Ergeb-Nisse erreicht man dabei mit Parasitamol®; ⇨ Kammerjäger.

Entgeltungsbedürfnis, [neutr., –ses, –se] *Kurzwort für* Lohnforderung; ⇨ Arbeiterbewegung.

enthaltsam, [Adj.] »Wie wär's mit einer enthaltsamen Lebensweise?« – »Ach, is' doch Askese.« ⇨ Briegarde.

Entzündungsherd, [mask., –s, –e] eichener Herd ist gar nichts wert; ⇨ Holz.

Enzyan, [deutsch-griech.-latein.] sehr giftige Gebirgspflanze; ⇨ Schweiz.

erben, [trans./intrans. Vb.] man kann viele Sachen erben, z. B. Bäume (Erblinden), Gartengeräte (Erbrechen) oder Fahrzeugteile (Erbachse). Wenn man Glück hat, kann man unter Umständen sogar ein gut erhaltenes Gut erhalten; ⇨ Anteilnahme.

Erkältungskrankheit, [fem., –, –en] Erkältungskrankheiten ist oft nur mit wahrer Bronchialgewalt beizukommen; ⇨ Krankheitsherd.

Erklärwerk, [neutr., –s, –e] *anderes Wort für* Lehrbuch; ⇨ Duden®.

Erlkönig, [mask., –s, –e] der Erlkönig war ⇨ Goethe wie aus dem Gedicht geschnitten; ⇨ Dichtkunst.

Erob, Anna, *Darmstadt 31. Juli 1895, Mikrobiologin, fand zusammen mit Armin O'Soyré heraus, dass – besonders unter Ausschluss von ⇨ Sauerstoff – auch Bakterien Kultur haben; ⇨ Naturkunde.

Erpel, [mask., –s, –] *anderes ⇨ Wort für* EntDecker; ⇨ Entedankfest.

Erscheinungsfest, [neutr., –s, –e] Party aus Anlass einer Buch-oder CD-Veröffentlichung; ⇨ Schriftsteller.

erstreiten, [intrans. Vb.] *Kurzform für* zum ersten Mal auf einem Pferd sitzen; ⇨ aufzäumen.

Erziehungskur, [fem., –, –en, deutsch-latein.] Mutter- oder Vaterschaftsurlaub; ⇨ eltern.

es, [Personalpron.] regnet oft, tut uns manchmal Leid, war einmal und ist jetzt genug; ⇨ Sigmund Freud.

Eselterik, [fem., –, latein.-griech.] Geheimwissenschaft für Deppen; ⇨ Donkey Schotte.

Eskimono, [mask., –s, –s, indian.-japan.] Wickelkleid in polaren Gebieten; ⇨ Antarktis-Forschung.

eStrich, [mask., –s, griech.-latein.-deutsch] *Kurzwort für* ⇨ Prostitution im ⇨ Internet.

eTUI, [neutr., –s, –s, franz., eingetr. Wz.] Tourismus-Unternehmen im ⇨ Internet, das so manchen in die Tasche steckt; ⇨ Urlaubsreif.

Euklid, *um 365 v. Chr., † um 300 v. Chr., er war u. a. Trapez-Künstler; ⇨ Kot-Tangens.

Eulen-Spiegelei, [neutr., –es, –er] Spezialität aus Athen, ⇨ Ei-Weise sind dort der letzte Euler.

Eurodermitis, [fem., –, griech.] Geldallergie; ⇨ Geldanlage.

Europa, [neutr., –s, griech.] »Wo ist denn Europa?« – »Weggefahren mit Oma.« ⇨ Altersheim.

Euternasie, [fem., –, –n] ⇨ *Abb*.

Exakt, [mask., –s, –e, latein.] Verkehr mit ehemaligen Liebschaften; ⇨ verziehen.

Explosionsbeutel, [mask., –s, –, latein.-deutsch] *gehoben für* Knalltüte; ⇨ Donkey Schotte.

Expo, [mask., –s, –s, latein.-franz.] *hannoveranisch für* ehemaliges Arschloch; ⇨ Globalrektum.

Exponent, [mask., –en, –en, latein.] ein Exponent wird einer Zahl sehr hoch angerechnet; ⇨ Quadratwurzel.

EZB, [fem., –, Abk.] *Abkürzung für* Europäische Zentralbank, korrekte Anrede für den Präsidenten: Euro Hoheit; ⇨ Währung.

Euternasie

49

F

Fallbeispiel, [neutr., –s, –e] hier einige Fallbeispiele: Nominativ, ⇨ Genitiv, Dativ, Akkusativ; ⇨ Akkudativ.

Fanggründe, [Plur.] zu den wichtigsten Fanggründen gehört wohl der Appetit auf ⇨ Fisch.

Fangquote, [fem., –, –n, deutsch-latein.] Grundlage zur Feststellung der Qualität eines Handballspielers; ⇨ Ballwechsel.

Färbetrieb, [mask., –s, –e] innerer Drang zum Kolorieren bei ⇨ Künstlern.

farblos, [Adj.] unser Tipp für einen bunten ⇨ Urlaub: Farblos nicht nach Weißrussland oder ans Schwarze Meer!

Farbpsychologie, [fem., –, deutsch-griech.] gelb allein macht nicht glücklich – aber ⇨ es beruhigt ungemein; ⇨ Faultierpisse.

Fast Food, [neutr., –s, engl.-amerik.] fast nicht zu glauben: Das gibt ⇨ es sogar in *Slow*enien; ⇨ Pommesbude.

Faulpelz, [mask., –es, –e] macht nichts; ⇨ Arbeitsmoral.

Faultierpisse, [fem., –] *derb für* das Gelbe vom Ai; ⇨ Yellow Press.

Fäustling, [mask., –s, –e] *Gegenteil von* fingierter Handschuh; ⇨ Flurgarderobe.

Faustregel, [fem., –, –n, deutsch-latein.] Verhaltens-Richtschnur für Boxer; ⇨ Boxerschwanz.

FAZke, [mask., –s, –s] Mitarbeiter einer Frankfurter Zeitung; ⇨ Die Zeit®.

Federhalter, [mask., –s, –] ⇨ *Abb.*

Federhalter

Federweiße, [mask., –n, –n] unausgegorenes Zeug; ⇨ Rheinhessen.

Feeministin, [fem., –, –nen, deutsch-latein.] Märchenerzählerin; ⇨ Ehemannzipation.

Ferkelzüchter, [mask., –s, –] denen will man jetzt wegen angeblicher Ferkeleien auch ans Leder: ⇨ Es besteht Verdacht auf Schweinselbstständigkeit, aber das entbehrt wahrschweinlich jeglicher Grunzlage; ⇨ Maul- und Klauenseuche.

Fernverkehr, [mask., –s, –e] *anderes* ⇨ *Wort für* ⇨ Telefon-Sex; ⇨ Sorgentelefon.

Fersengeld, [neutr., –s, –er] »Jemand hat eine Zigarette an mein Nylonhemd gehalten – jetzt ist ⇨ es total Fersengeld.« ⇨ Kuhhandel.

Fertighaus, [neutr., –es, –häuser] ⇨ *Abb.*

fertiges Haus

Festgehalt, [neutr. –s, –gehälter] *fachsprachlich für* Weihnachtsgeld; ⇨ Weihnachten.

Festnahme, [fem., –, –n] ein ergreifendes Erlebnis; ⇨ Drückerkolonne.

Festnetz, [neutr., –es, –e] Teil der Dekoration bei einer ⇨ Fischer-Party; ⇨ Netzbetreiber.

Feuer, [neutr., –s, –] wenn man auch nur einen Funken Verstand hat, ist Feuermachen eigentlich ganz anfach; ⇨ Streichholz.

feuersicher, [Adj.] *anderes ⇨ Wort für* fest angestellt; ⇨ Arbeitslosenstatistik.

Filmhandlung, [fem., –, –en, engl.-deutsch] Geschäft zum Vertrieb von Tesa®; ⇨ Backpapier.

Filzstift, [mask., –s, –e] *polizeifachsprachlich für* Auszubildender beim Zoll; ⇨ Polizeimütze.

finden, [trans. Vb.] a) »Ich finde, ⇨ wir suchen.«; b) »Wie findest du denn eigentlich ⇨ Berlin?« – »Naja, ich folge einfach den Verkehrsschildern.« ⇨ Fernverkehr.

Fisch, [mask., –es, –e] auch im Fischreich ist es nicht so laicht, z. B. in Fisch-Fabriken, in Fisch-Läden, bei Fisch-Gerichten oder auf Fisch-Dampfern einen Job z. B. als Rogenberater zu finden; besonders kleine Fische schreiben filet Bewerbungen, werden aber – wie auch so mancher Barsch – abgewiesen. Da muss man sich schon als Wels in der Brandung bewähren; ⇨ Welthummerhilfe.

Fischer, [mask., –s, –] »Sind Sie Fischer?« – »Ist das eine Fangfrage?« ⇨ Fangquote.

fit, [Adj., engl.] fit oder nicht – das ist wohl wahrlich eine reine Formsache; ⇨ Verfettung.

Flaschenzug, [mask., –s, –züge] windige Angelegenheit.

Flexionsgewahrsam, [mask., –s, latein.-deutsch] *gehoben für* Beugehaft; ⇨ Baumarkt.

Flenschen, [neutr., –s, –, eingetr. Wz.] zartes Flenschen: eine kleine Flasche mit Brauerei-Erzeugnis aus Flensburg; ⇨ Schleswig-Holstein.

Flickfieber, [neutr., –s] Berufskrankheit bei ⇨ Schneidern; ⇨ Malaria.

Fliegen, [Plur.] schon lange weiß man, dass Fliegen als

das sicherste Verkehrsmittel gelten; ⇨ Concorde®-Pilot.

Flugverkehr, [mask., –s] *anderes ⇨ Wort für* Pilotenvereinigung; ⇨ *Abb*.

Flugzeug, [neutr., –s, –e] Flugzeuge ⇨ fliegen in der – und ⇨ Gott sei Dank nur selten in die – Luft.

Flurbereinigung, [fem., –, –en] endlich Ordnung im Korridor! ⇨ Butzefrau.

Flurgarderobe, [fem., –, deutsch-franz.] angesagte Kleidung in Wald und – natürlich auch – Flur, wie z. B. Flanell No. 5®; ⇨ Kuhtür.

Formel-1-Rennen, [neutr., –s, –, latein.-deutsch] Brettern, das die Welt bedeutet. Unser Tipp bei Wetten: Am besten auf den Choker setzen; ⇨ Schnelle Brüder.

Fortführung, [fem., –, –en, latein.-franz.-deutsch] Besichtigung einer militärischen Fes-

Flugverkehr: Wir fliegen aufeinander

tung im ⇨ Wilden Westen
Nordamerikas; ⇨ Federhal-
ter.

Forum, [neutr., –s, Foren, latein.]
»⇨ Gehen Sie auch zu dieser
Podiumsdiskussion?« – »Ja,
aber: Forum ⇨ geht's da eigentlich?« ⇨ parlamentie-
ren.

Fotofachgeschäft, [neutr.,–s,–e,
griech.-deutsch] »Ich hätte
gern ein Bild von Dia.« –
»Von Mia?« ⇨ Fuji-Film®.

Foyerwehr, [fem., –, –en, latein.-
franz.-deutsch] Gewerkschaft
der Rausschmeißer und Tür-
steher: »⇨ Wir woll'n mehr
Salär, sonst ist der Saal leer.«
Zudem ist die Gewerkschaft
geschlossen dagegen, dass
⇨ Türen oft schon so früh
aufstehen müssen; ⇨ Gar-
dine.

Fragen der Menschheit, [Plur.]
1. Woher kommen ⇨ wir?, 2.
Wohin ⇨ gehen ⇨ wir?, 3.
Wie um alles in der Welt
funktioniert eine Signal®-
Zahnpastatube? ⇨ Zahn-
pasta.

Fratze, [fem., –, –n] die Fratze
lässt das Grausen nicht; ⇨ Inlineskater.

Frau, [fem., –, –en] a) *Kurzwort*

für vieleiiger Einling;
⇨ Mann; b) Für viele ist das
⇨ Thema Frauen ein Fass
ohne Hoden; ⇨ Genitalien.

Frauenzeitschrift, [fem., –, –en]
lieber Brigitte® oder Petra®
als gar keine Freundin®;
⇨ Moderation.

Freifahrt, [fem., –, –en] *anderes*
⇨ *Wort für* Hochzeitsreise;
⇨ Hochzeitstorte.

Freilassing, [neutr., –s, –s,
deutsch-engl.] *Modewort für*
Amnestie; ⇨ Bauzeichnung.

Freisprechanlage, [fem., –, –n]
scherzhaft für Gericht, das
für ausgesprochen milde aus-
gesprochene Urteile bekannt
ist; ⇨ Standgericht.

Fremdenverkehr, [mask., –s, –e]
anderes Wort für Seiten-
sprung; ⇨ Beziehungspro-
blem.

Freud, Sigmund, *Freiberg
6. Mai 1856, †London
23. September 1939, hatte
eine ziemlich durchgeknallte
⇨ Frau namens Anna-Liese,
die er wegen ihrer hysteri-
schen Anfälle gern Psycho-
Anna-Liese nannte. Diese
Psycho-Anna-Liese wurde
dann später weltberühmt;
⇨ Traumdeutung.

Frisör, [mask., –s, –e, franz.] a) Man kann wohl nicht erwarten, dass jeder nach seinem Fassonschnitt glücklich wird; b) »Als ich diesen langen Bart sah, stutzte ich erst einmal.« c) Für die Abschlussprüfung der Ausbildung zum Frisör gilt die ⇨ Faustregel: Nur wer gut abschneidet, schneidet gut ab; ⇨ Haare.

Frohe Botschaft, [fem., –, –n] *anderes* ⇨ *Wort für* ausgeflipptes Konsulat; ⇨ Völkerball.

Fromms, [eingetr. Wz.] nomen est ⇨ kondomen.

Froschenkel, [mask., –s, –] Nachkommen in der Familie der ⇨ Froschlurche.

Froschlurch, [mask., –es, –e] unkefähr so etwas wie Feuerkröte; ⇨ Delikatesse.

Fruchtgummi, [mask., –s, –s, deutsch-ägypt.-latein.] Präservativ mit Geschmack; ⇨ Pessar.

frühshoppen, [intrans. Vb., deutsch-engl.] *eindeutschend für* einkaufen am Vormittag; ⇨ Einkaufskorb.

Fußballspiel

Fundbüro, [neutr., −s, −s, deutsch-latein.-franz.] wer nichts verloren hat, hat hier nichts zu suchen; ⇨ finden.

Fuji-Film, [mask., −s, −e, japan.-engl., eingetr. Wz.] *fotofachsprachlich für* verloren gegangenes Belichtungsmaterial oder Filme mit erheblichen Entwicklungsstörungen, normalerweise bekommt man eine Belichterstattung; ⇨ Weit im Winkl.

Fürstengeschlecht, [neutr., −s, −er] man unterscheidet im Wesentlichen zwei Fürstengeschlechter: männlich und weiblich; ⇨ Windsor-Genossenschaft.

Fußball, [mask., −s, −bälle] ⇨ *Abb. S. 56.*

Fußballer, [mask., −s, −] die armen Fußballer: Bevor sie überhaupt angefangen haben, kriegen sie schon einen Anpfiff; ⇨ Eintracht Prügel.

G

Gähn-Technik, [fem., –, deutsch-griech.-franz.] ein extrem lang-weiliger Zweig der Wissen-schaft; ⇨ müde.

Gala, [fem., –, –s, franz.-span.] Festname; ⇨ Völkerball.

Gallerist, [mask., –en, –on] Fach-arzt für Lebererkrankungen; ⇨ Nierentisch.

Gama, Vasco da, * Sines 1468, † Cochin 24. Dezember 1524, Entdecker der Gama-Strah-lung; ⇨ Atommüllendlager.

Gardine, [fem., –, –n, latein.-franz.-niederl.] ein weiblicher Garde-⇨Soldat.

Gates, Bill, * Seattle 28. Ok-tober 1955, experimentierte schon in frühester Kindheit mit Haushaltsgegenständen, man nimmt an, er war auch mit dem Klammerbeutel compudert; ⇨ Microsoft®.

Gaze-Streifen, [mask., –s, –, pers.-arab.-span.-franz.-deutsch] Verbandsmaterial in Paläs-tina; ⇨ Pascha-Fest.

Gebrauchtwagen, [mask., –s, –] Vorsicht beim Kauf von Ge-brauchtwagen! Man sollte den Verkäufer dazu überre-den, einen fahren zu lassen. Mit Sitzenlassen allein ist ⇨ es oft nicht getan; ⇨ Auto-kratie.

Geburtstag, [mask., –s, –e] »Du hast ja bald wieder Geburts-tag!« – »Ich krieg'n Föhn!« ⇨ Mutterkuchen.

Geburtstagsgeschenk, [neutr., –s, –e] ⇨ Abb.

Geburtstagsgeschenk

Geflügelassekuranz, [fem., –, –en, deutsch-latein.-ital.] *Ober-begriff für* Entenversiche-rung; ⇨ Rentenloch.

Gedanken-Gut, [neutr., −s, −Güter] kleines Luftschloss; ⇨ Traumdeutung.

Gegensatz, [mask., −es, −sätze] z. B. »Ich komme heute gegen ⇨ dreiundzwanzig Uhr fünfundfünfzig nach Hause.« ⇨ Satzlehre.

Gegenstand, [mask., −s, −stände] das ist ja ein Ding! ⇨ Dingsbums.

Gegenwart, [mask., −s, −e] *fußballsprachlich für* den Torhüter der anderen Mannschaft, den man schon lange auf dem Kicker hatte; ⇨ Elfmeter-Raum.

Geheimnis, [neutr., −ses, −se] bei stickiger Luft in der Wohnung ist das Geheimnis lüften! ⇨ Sauerstoff.

gehen, [intrans. Vb.] unser Tipp: Nicht nervös werden, sondern von einem Bein aufs andere treten; ⇨ Krücke.

Geiserreich, [neutr., −es] *ein früherer Name für* Island; ⇨ Speyer.

Geist, [mask., −es, −er] in unserer aufgeklärten Zeit kann man sich als Geist wirklich nirgendwo mehr sehen lassen; ⇨ Dschinn.

Geizhals, [mask., −es, −hälse]

hier ein ⇨ Wort an alle, die nicht den Geiz aufgeben wollen: Verschwendet endlich! ⇨ Ducks®.

Geld, [neutr., −es, −er] alles dreht sich nur ums Geld; aber Geld ist nicht alles. Da findet sich wohl zu Recht niemand mehr zurecht; ⇨ Steuerberater.

Geldanlage, [fem., −, −n] »Na, was möchten Sie denn anlegen?« – »Ich weiß nicht so recht, vielleicht ein Gewehr, ein Gemüsebeet oder mein neues Kleid. Ich könnte auch ein paar Dominosteine anlegen.« – »Wollen Sie sich mit mir anlegen? ⇨ Wir müssen strenge Maßstäbe anlegen. Wie wär's denn mit ⇨ Geld?« – »Na gut, ich habe bei Ihnen ja schon ein Konto, könnte ich ⇨ es darauf anlegen?« ⇨ Spareinlagen.

Geldau, [neutr., −s] gilt neben Park Scheinau als das ⇨ Mekka aller Tomatenzüchter. Wer kennt nicht die berühmten Geldau- oder die Park-Scheinau-Tomaten?

Geldentwertung, [fem., −, −en] ein inflationär gebrauchter Begriff; ⇨ Dollar-Kurs.

Geldsendung, [fem., –, –en] TV-Quiz; ⇨ Moderation.

Genitalien, [Plur., latein.] Unterhaltung zwischen zwei lustigen Reiselustigen: »Wo soll's denn im Urlaub hingehen?« – »Penis und Vagina.« – »Ach so, gen Italien.« ⇨ Urologie.

Genitiv, [mask., –s, –e, latein.] Grammatiker befürchten den Wegfall des Wesfalls; ⇨ Scherzartikel.

Gen-Technik, [fem., –, griech.-latein.-franz.] a) *fachsprachlich für* Klonerie; b) *anderes ⇨ Wort für* aus einer Mücke einen Elefanten ⇨ machen; c) gloße Elfolge feieln auch die chinesischen Folschel, alleldings ist da schon so manchem del Elfolg in die Klone gestiegen; ⇨ Reis.

Geologe, [mask., –n, –n, griech.] Geologen stehen oft mit beiden Füßen fest im Lehm, kein Wunder also, dass sie manchmal das ganze Geschichte satt haben; ⇨ Tonfigur.

Geologie, [fem., –, griech.] *anderes ⇨ Wort für* Schichtarbeit; ⇨ Bergbau.

Gerichtsvollzieher, [mask., –s, –] Mensch mit Pfändungsbewusstsein. Motto: Hol's der Kuckuck; ⇨ Ornithologie.

Geschäftsschluss, [mask., –es, –schlüsse] Zeit fürs Klopapier; ⇨ Abschlagzahlung.

Gesetz, [neutr., –es, –e] eigentlich ein bisschen unhöflich: ⇨ Es ist noch nicht einmal da, schon wird ⇨ es verabschiedet; ⇨ *Abb*.

Verabschiedung eines Gesetzes

Gesinde, [neutr., –s, –] man hat nichts als Ärger mit dem Personal: Irgendwann ist jeder mit seinem Lakaien am Ende; ⇨ Home-Page.

GEZ, [fem., –, eingetr. Wz.] Motto dieser Institution: ⇨ Wir belasten Sie über Gebühr; ⇨ Berieselungsanlage.

Giraffe, [fem., –, –n, arab.] *scherzhaft für* hohes Tier in der afrikanischen Verwaltung; ⇨ Konteradmiral.

G-Länder, [Plur.] *zusammenfassend für* Gabun, Gambia, Georgien, Ghana, Grenada, Griechenland, Großbritannien, Guatemala, Guinea, Guinea-Bissau und Guyana; ⇨ Treppenwitz.

Glatzenbildung, [fem., –] Lernziel bei Lehrveranstaltungen für Skinheads; ⇨ Pfeife.

Gletscher, [mask., –s, –] gelten nicht nur angesichts der globalen Erwärmung als Schnee von gestern; ⇨ Antarktis-Forschung.

Globalrektum, [neutr., –s, –rekta, latein.] *gehoben für* ⇨ Arsch der Welt.

Glögg, [mask., –s, –s, schwed.] »⇨ Wir haben noch etwas schwedischen Glühwein da.« – »Da haben ⇨ wir aber Glögg.« – »Sag' ich doch!« ⇨ schwedisch.

Glückspilz, [mask., –es, –e] Per-

son mit hoher Masselanziehungskraft; ⇨ Lotte Rie.

Glühbirnenwechsel, [mask., –s, –] das Auswechseln von Glühbirnen ist gar nicht so einfach, weil sie sich manchmal einfach ⇨ durch nichts aus der Fassung bringen lassen, obwohl sie eigentlich dauernd angemacht werden. Das bedeutet für das Licht: ⇨ Es kann einfach nicht angehen; ⇨ Energieeinsparung.

Goethe, Johann Wolfgang, * Frankfurt/M. 28. August 1749, † Weimar 22. März 1832, hatte ⇨ es faustisch hinter den Ohren; ⇨ Friedrich Schiller.

Gogh, Vincent van, * Groot-Zundert 30. März 1853, † Auvers-sur-Oise 29. Juli 1890, wurde dadurch berühmt, dass er einem Bekannten sein Ohr lieh; ⇨ Künstler.

Golden Receiver, [mask., –s, –, engl.] *englisch für* Dampf-Radio. Damit man sich Erinnerungen an die gute alte Zeit wiederholt, wird alles wiederholt; ⇨ GEZ®.

Goldschmied, [mask., –s, –e] »Man hat neulich einen sechzehn Tonnen schweren Diamanten gefunden. Was denkst du darüber?«–»Nicht zu fassen.« ⇨ Diadas.

Golf, [mask., –s, –s, griech.-latein.-ital.-engl.] wie man weiß, gibt ⇨ es beim Golf die Wahl zwischen Holz und Eisen; aber selbst beim Golf of Mexico® entscheiden sich fast alle dafür, mit einer Blechkiste ⇨ durch die Gegend zu brettern; ⇨ Wolfsburg.

Gotisch, [mask., –es, –e, japan.-deutsch] fernöstliche Alternative zum bei uns sehr verbreiteten Schachtisch; ⇨ Dummino.

Gott, [mask., –es, Götter] ⇨ wir wollen jetzt nicht bei ⇨ Adam und Eva anfangen, sondern berichten aus Theologie und Praxis: Gott musste – schenken ⇨ wir der Religion Glauben – sogar Wasser und frische Luft schöpfen. Einer musste ja schließlich den Anfang ⇨ machen. Also sagte er sich:»Ich muss alles – dem Erdboden gleichmachen.« Und am achten Tag machte Gott dann eine ⇨ Fliege. Nach dieser Erschöpfungsgeschichte (»Genese er bald!«) wandte sich

Gott dem so genannten Pantheismus zu:»Ich bin alle.« ⇨ Sege-Mail.

Grieg, Edvard, *Bergen 15. Juni 1843, † Bergen 4. September 1907, ⇨ es war für ihn zeit seines Lebens schwer eine Anstellung zu griegen, weil viele Arbeitgeber Griegs Dienst verweigerten; ⇨ *Abb. S. 64.*

Grien-Card

Grien-Card, [fem., –, –s, deutsch-engl.] Lizenz zum Lächeln in der Bundesrepublik ⇨ Deutschland; ⇨ Bundestag ⇨ *Abb.*

Grimassenschneider, [mask.,
–s, –, franz.-deutsch] *Kurzwort
für* vielfaltig begabte Ge-
sichtschirurgen; ⇨ Straffanstalt.

Gültigkeitsdatum, [neutr., –s,
–daten, deutsch-latein.] also da
hört für mich z. B. der Pass
auf; ⇨ Wanderurlaub.

Gyros-Konto, [neutr., –s, –kon-
ten, griech.-latein.-ital.] ⇨ *Abb.
S. 65.*

Grieg

64

Gyros-Konto

H

Haare, [Plur.] cholerische Körperteile des ⇨ Mannes: Schon bei geringsten Störungen des Hormonhaushalts werden sie ausfallend – mir graut's; ⇨ Karl Kopf.

Hacke, [fem., –, –n] *anderes* ⇨ *Wort für* Fußende; ⇨ Jätset

Hahn, Otto, * Frankfurt am Main 8. März 1979, † Göttingen 28. Juli 1968, hahnbrechende Veröffentlichungen auf den Gebieten der Hundeschizophrenie (»Das ist des Pudels Kerns Spaltung«) und Erfinder von Hahnrei® in der Tube; ⇨ Vasco da Gama.

Hakenfabrik, [fem., –, –en, deutsch-latein.-franz.] hier werden viele krumme Dinger gemacht; ⇨ Eisenmangel.

Hamburg-Alzheimer, [fem., –, eingetr. Wz.] sie versichert uns: Mit uns ⇨ gehen Sie sicher dorthin, wo auch Herr Kaiser zu Fuß hingeht; ⇨ Deutschland.

Hamsterdam, [neutr., –s] Auptstadt von Olland; ⇨ Tidenhub.

Handelsvertreter, [mask., –s, –] sind immer zu Spesen aufgelegt; ⇨ Außenmitarbeiter.

Handycap, [neutr., –s, –s, neudeutsch-engl.] Schutzhülle für Mobilfunk-Geräte; ⇨ Telefonitis.

Hanf, [mask., –es] bei guter Pflege cannabis 4 m hoch werden; ⇨ Drogenselbsthilfegruppe.

Happening, [neutr., –s, –s, engl.] »Und ich happ' gedacht, hier gibt's 'n Happen zu essen.« – »Is' nich', happig dir doch gleich gesagt!« ⇨ Nachspeise.

Haschermittwoch, [mask., –s, –e, arab.-deutsch] höchster Feiertag aller Kiffer; ⇨ Hanf.

Hase, [mask., –n, –n] Gespräch unter Hasen: »Was hältst du von ⇨ Hunden?« – »Damit kannst du mich jagen.« ⇨ Anstandswauwau.

Hausaufgabe, [fem., –, –n] »Was hast du denn auf?« – »Im Rechenbuch die Aufgaben 7, 8

und 9. Und du? – »Meine neue Mütze.« ⇨ Schüler.

Hausmeister, [mask., –s, –] »Einer muss uns ja den Hof ⇨ machen.« – »Naja, aber den Schnee hätte ich mir nicht räumen lassen.« ⇨ Altbauwohnung.

Hausrat, [mask., –s] z. B. »Du solltest dich bei deinem Neubau unbedingt für ein Flachdach entscheiden.« Von solchen Tipps sollte man sich nicht abschrägen lassen; ⇨ Bauzeichnung.

Havana Club, [mask., –s, kuban.-engl., eingetr. Wz.] *anderes* ⇨ *Wort für* richtig Rum; ⇨ Castronomie.

H₂O-Grinsen, [neutr., –s] *Kurzwort für* Wasserlachen; ⇨ Sauerstoff.

Hearingssalat, [mask., –s, –e, engl.-ital.] entsteht bei einer Anhörung von Sachunverständigen; ⇨ Bundestag.

Heftzwecke, [Plur.] man kann Sachen hineinschreiben und dann wiederfinden, Gedanken und Ideen ⇨ gehen nicht so schnell verloren etc.; ⇨ Schüler.

Heiligabendkonifere, [fem., –, –n, deutsch-latein.] *gehoben für* Weihnachtsbaum; ⇨ Weihnachtsmarkt.

Heilpraktiker, [mask., –s, –, deutsch-griech.-latein.] deutsche Schlägerparade zwischen 1933 und 1945; ⇨ *Abb.*

Heilpflanze

Hengst-Verschnitt, [mask., –s, –e] *scherzhaft für* Wallach; ⇨ Pferdeteller.

herab, [Adv.] an dieser Stelle sollten ⇨ wir doch mal das ⇨ Wort »herab« würdigen; ⇨ durch.

Heroin, [neutr., –s, griech.] Fixiermittel; ⇨ Jäger.

Herpes, [mask., –, griech.-latein.] auch wenn ⇨ wir jetzt eine dicke Lippe riskieren: Hier sind kleine Bläschen ausschlaggebend; ⇨ Mund.

Herreninfektionsgeschäft, [neutr., –s, –e, deutsch-latein.] *hochsprachlich für* Bordell; ⇨ kommen und ⇨ gehen.

herrzahm, [Adj.] *Gegenteil von* damwild; ⇨ Anstandsdame.

Herzrasen, [neutr., –s, –] ⇨ *Abb.*

Highland, [mask., –s, –e, engl.-deutsch] ⇨ *Abb.*

Der Highland

Hirsch, [mask., –es, –e] Hirsche (auch Rehgatten genannt) sind geweihte Tiere; ⇨ *Abb.*

Herzrasen

Platzhirsch

69

Hitler, Adolf, *Braunau 20. April 1889, †Berlin 30. April 1945, aus einer Dienstbesprechung in seinem Führerhaus Ende August 1939: »Ich würde jetzt gern mal das ⇨ Thema ⇨ Polen in Angriff nehmen.« ⇨ Ski Heil!

hobeln, [trans./intrans. Vb.] besonders spanende Möglichkeit der Holzbearbeitung; ⇨ Holz.

Hochleistungssport, [mask., –s, –e, deutsch-latein.] umschlagstarker Hafen; ⇨ Hamsterdam.

Hochzeitstorte, [fem., –, –n] a) *anderes ⇨ Wort für* Braut; b) ein ⇨ Thema, das ⇨ wir jetzt lieber nicht anschneiden wollen; ⇨ Eheglück.

Höckerschwan, [mask., –s, –schwäne] ⇨ *Abb.*

Holverbot, [neutr., –s, –e] lieber Über- als Alko.

holy shit, [engl./amerik.] *englisch für* Heiliger ⇨ Stuhl.

Holz, [neutr., –es, Hölzer] der Stoff, aus dem die Bäume sind; ⇨ Tischlermeister.

Home-Page, [mask., –n, –n, engl.-franz.] Hausdiener; ⇨ Gesinde.

Höckerschwan

gerissener Hund
(Reißende soll man nicht aufhalten)

Homer, * und † Kleinasien 8. Jahrh. vor Chr., Homer ist, wenn man trotzdem lacht; ⇨ Polyphem.

Horrorskop, [neutr., –s, –e, latein.-griech.-franz.-engl.] waage Angaben z. B. über Krebsleiden bei widderlichen Jungfrauen.

Hotelbesitzer, [mask., –s, –, latein.-franz.-deutsch] Hotelbesitzer wirken manchmal, auch wenn sie nicht voll ausgelastet sind, sehr reserviert; ⇨ Urlaub.

Hund, [mask., –es, –e] a) *chemisches Symbol*: H$^+$; b) Hunde gelten als eher wortkarge Gesellen, da sie manchmal recht kurz angebunden sind; ⇨ *Abb.*

I

Ideendiebstahl, [mask., −s, −stähle, griech.-latein.-franz.-deutsch] man soll keine Notiz von anderen Leuten nehmen (stichwörtliche Redensart): Das wollen ⇨ wir hier doch mal anmerken; ⇨ Kopie.

I.G., [fem., −] *Abkürzung für* Interessengemeinschaft. Viele Zwangsarbeiter mussten bei der I.G. Farben abkratzen; ⇨ Heilpraktiker.

imkern, [intrans. Vb.] dabei ⇨ geht ⇨ es Imkern im Kern um Honig; ⇨ Bienensprache.

Impresario, [mask., −s, −s, ital.] lässt unter anderem Revue passieren; ⇨ Theaterbesuch.

In-Begriff, [mask., −s, −e, engl.-deutsch] Modewort; ⇨ Freilassing.

Individualist, [mask., −en, −en, latein.-franz.] ein Individualist macht am liebsten seinen Klan alleine; ⇨ Kuckucks-Klan.

Individuell, [neutr., −s, −e, latein.-franz.] ⇨ *Abb.*

Individuell

73

Infanteriebläh, [mask., –s, –s, latein.-ital.-franz.-deutsch] nicht gesellschaftsfähiges Verhalten unter soldatischem Fußvolk; ⇨ Bundhose.

Infit, [neutr., –s, –s, engl.] angesagte Kleidung, *Gegenteil von* Outfit; ⇨ Kuhtür.

Ingwer, [mask., –s, Sanskritgriech.-latein.] »Hat Ingwer meine indischen Gewürze geklaut?« ⇨ Zucker.

Inlineskater, [mask., –s, –, engl.-deutsch] männliche Inlineskatze; ⇨ *Abb.*

Inlineskater

Inlineskates, [Plur., engl.] »Wie findest du Inlineskates?« – »Sind mir einfach zu blade.«

/-innen-Ministerium, [neutr., –s, –ien, deutsch-latein.-franz.] *scherzhaft für* Frauen-Ministerium; ⇨ Außenmitarbeiter-Innen.

Innenstadt, [fem., –, –städte] Gegend mit Ämterhäufung; ⇨ Behördengermanistik.

Instrumentenbauer, [mask., –s, –, latein.-deutsch] einige Konstrukteure klassischer Instrumente ⇨ machen gern einen großen Bogen, andere dagegen verdienen sich ihr ⇨ Geld mit Zithern und Zargen; ⇨ Steinway.

Internet, [neutr., –s, engl.] »Wie kommt man da eigentlich von einer ⇨ Homepage zur anderen?« – »Das ⇨ machen die mit links.« ⇨ Microsoft®.

Internetzugang, [mask., –s, –gänge, engl.-deutsch] wenn man noch nicht drin war: Beim ersten Mal tut ⇨ es noch weh weh weh; ⇨ Computer-Absturz.

i-ran, [neutr., eingetr. Wz.] ⇨ Fußball-Magazin im persischen Fernsehen; ⇨ Kirchgruppe.

J

Jade-Busen, [mask., –s, –, span.-franz.-deutsch] die Alternative für alle, die mehr Busen haben wollen, aber unter einer Silikon-Allergie leiden. Übrigens erzielt man bei einer derartigen Operation die besten Ergebnisse bei einem gut ausgebil-

deten Nipl.-Ing.; ⇨ Straffanstalt.

Jäger, [mask., –s, –] Berufsgruppe mit hoher Beschaffungskriminalität: Sie brauchen immer (»Den Anstand bewahren!«) ⇨ Geld für den nächsten Schuss; ⇨ Weidmannsheil.

Jakobs Leiter, [Filmtitel] der Film »Jakobs Leiter« entstand in Anlehnung an »Jakobs Baum«; ⇨ Duselfilm.

Jammerlappen, [Plur.] *anderes* ⇨ *Wort für* wehleidige Finnen; ⇨ *Abb.*

Eisbrecher

Jätset, [neutr., –s, –s, deutsch-engl.] ⇨ *Abb.*

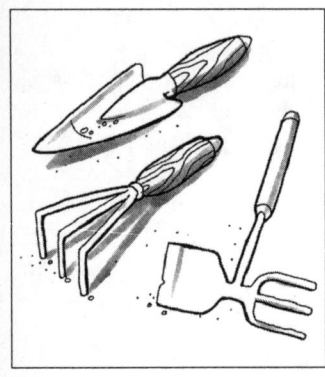

Jätset

Jazz, [mask., –, amerik.-engl.] jede Form von Jazz gut zu finden – dazu kann man wohl niemanden swingen; ⇨ Posauna.

Jekyll, Doctor, * Edinburgh 13. November 1850 † Westsamoa 3. Dezember 1894, begrüßte einen gewissen ⇨ Mister Hyde wegen dessen Selbstsucht mit den ⇨ Worten: »Na, du alter Ego?« ⇨ Ego-Therapie.

Jenel, [mask., –s] *Gegenteil von* Diesel; ⇨ Claudia Car diNal.

jodeln, [intrans. Vb.] zwischen Brust- und Kopfstimme wechselnde Laute, die nach Beträufelung einer Wunde mit Jod entstehen; ⇨ Elementarunterricht.

Joggurt, [mask., –s, engl.-türk.] Sauermilchprodukt für Dauerläufer; ⇨ Yoghurt.

Jona, * und † 400 bis 200 v. Chr., wer den Wal hat, hat die Qual: Die Wege des Herrn sind oft verschlungen zu werden; ⇨ Gott.

Judikative, [fem., –, latein.] Gerichtswesen in Israel; ⇨ Gaze-Streifen.

Jugosklavien, [neutr., –s] *anderes* ⇨ *Wort für* Serbien zu Zeiten Slobodan Miloševićs.

K

Kaabarett, [neutr., –, –s, arab.-franz.] Kleinkunstbühne in ⇨ Mekka; ⇨ Berlin.

Kaffeesatz, [mask., –es, –sätze, arab.-türk.-ital.-franz.-deutsch] z. B. »Ich trinke gern Kaffee.« ⇨ Satzlehre.

Kalker, [mask., –s, –] angesichts der drohenden Arbeitslosigkeit für die Mitglieder dieser – leider nur zu Zeiten größten Kalk-Mangels benötigten – Berufsgruppe vernimmt man allenthalben das Klagelied der Kalker: »Ich weiße nicht. Was soll ⇨ es bedeuten?« ⇨ Anstreicher.

Kalorie, [fem., –, –n, latein.-franz.] Kalorien haben einen belebenden Wert; ⇨ Verfettung.

Kamel-Treiber, [griech.-deutsch] spezielle Computer-Software für Beduinen (meistens *nomade in Arabia*); ⇨ Computer.

Kamin, [neutr., –s, –s, engl.] *englisch für* Herein!

Kammerjäger, [mask., –s, –, griech.-latein.-deutsch] entlarvt alles, wenn jemand zu Schaben gekommen ist; selbst schlimme Fälle so genannter Zimmerflucht; ⇨ Kopfjucken.

Kandis, [mask., –, arab.-ital.] »Wer noch mehr ⇨ Zucker nehmen möchte, Kandis gerne tun.« ⇨ Zahnschmerzen.

Kannibale, [mask., –n, –n, span.] »Wie war's eigentlich neulich bei den Kannibalen?« – »Ich hab's unverzehrt überstanden.« ⇨ Südostasien.

Kapitän, [mask., –s, –e, latein.-ital.-franz.] aus Sicherheitsgründen besuchen sich Kapitäne lieber nicht gegenseitig. Ein – wenn auch höflich gemeintes – »Legen Sie doch ab!« könnte leicht zu Missverständnissen führen; ⇨ Schleusenwärter.

kapitulieren, [intrans. Vb.] »Warum gab ⇨ es einen kurzen Kampf mit dem feindlichen Lager?« – »Naja, ⇨ es hat sich einfach so ergeben.« ⇨ Soldat.

Karate-Turnier, [neutr. –s, –e, japan.-latein-franz.] hier kann man sich mal voll die Kante geben: selbst Hiebe ⇨ gehen ⇨ durch den Magen; ⇨ Sumo-Ringer.

Karneval, [mask., –s, –e, ital.] Fröhlichkeit in Rheinkultur; ⇨ Köln.

Kassierer, [mask., –s, –, latein.-ital.-franz.] a) »Was steht heute an?« – »Eine Schlange.« ⇨ Sky®-Walker; b) einnehmendes Wesen.

Kasustempo, [neutr., –s, –s, latein.-ital.] *gehoben für* Fallgeschwindigkeit.

Katarrh-Frühstück, [neutr., –s, –e, griech.-latein.-deutsch] Mahlzeit in der Lungenheilanstalt; ⇨ Raucher.

Katazeile, [fem., –, –n, griech.-latein.-deutsch] Teil einer Katastrophe; ⇨ Dichtkunst.

Kautschuk, [mask., –s, indian.-span.-franz.] Rohmaterial zur Herstellung einer Couch; ⇨ Diwan der Schreckliche.

kehren, [trans./intrans. Vb.] lieber unter den Teppich als in sich gekehrt; ⇨ Vorläufer.

Kehrpaket, [neutr., –s, –e] *feudelistisch für* Besen und Schaufel; ⇨ Butzefrau.

Kellner, [mask., –s, –, latein.] a) Ober-Begriff; b) Kellner

bringen's manchmal einfach nicht; ⇨ Bitsteller.

KFZ-Steuer, [neutr., –s, –] ⇨ *Abb*.

KFZ-Steuer

Kieferngewächs, [neutr., –es, –e] a) *dentallaborsprachlich für* Zahn; ⇨ Odontologie; b) Kieferngewächse sind bei den anderen Bäumen sehr unbeliebt, denn sie schmücken sich gern mit fremden Zedern; ⇨ Matscheibe.

Kiel, [neutr., –s] im 19. Jahrhundert wurde die Produktion von Kriegsschiffen auf Kiel gelegt; ⇨ Schleswig-Holstein.

Kilogrammatik, [fem., –, –en, latein.] besonders schwere

Grammatik, so mancher mit einem Seemann-Tick wittert hier den Syntaxbraten; ⇨ Akkudativ.

Kirchenaustritt, [mask., −s, −e, griech.deutsch] vermehrte Kirchenaustritte (⇨ Vereinsgründung) bescheren der Kirche weniger Gläubige, aber mehr Gläubiger; ⇨ Gott.

Kirchenmaus, [fem., −, −mäuse, griech.-deutsch] *veraltend für* Kleinnagetier in sakralen Gebäuden; ⇨ Armut.

Kirchenschiff, [neutr., −s, −e, griech.-deutsch] Fahrzeug für den Pastor®-Transport. Wegen der Gefahren auf der Reise empfiehlt sich der Abschluss einer so genannten Gorlebensversicherung; ⇨ Vatikahn.

Kirchgruppe, [fem., −, −n, griech.-ital.-franz.] ⇨ *Abb.*

Kirchgruppe

Klampfhund, [mask., –s, –e]
⇨ *Abb*.

Klampfhund

Klassenfeind, [mask., –es, –e, latein.-deutsch] *abwertend für* ⇨ Lehrer; ⇨ oberprima.

Kleinbauer, [mask., –n, –n] die Kleinbauern setzen alles auf eine Kate und verzeichnen deshalb auch oft nur einställige Wachstumsraten; ⇨ Ackerbau.

Klempnerei, [fem., –, –en] *anderes* ⇨ *Wort für* ⇨ Dichtkunst.

klinten, [intrans. Vb., amerik.] *eindeutschend für* Ehebruch unter Einsatz einer Zigarre

begehen; wird vom weiblichen Teil nach dem Klinten keine schmutzige Wäsche gewaschen, heißt ⇨ es angesichts der Flecke auf den Kleidern: Wer zu früh kommt, den bestraft das Leben; ⇨ Fremdenverkehr.

Klistier, [mask., –s, –e, griech.-deutsch] Begriff aus dem Stierkampf: Einlauf des Bullen; ⇨ Kuhhandel.

klobig, [Adj., latein.-franz.-engl.] ⇨ *Abb*.

klosmall und klobig (v.l.n.r.)

Knautschuk, [mask., –s, deutsch-indian.-span.-franz.] besonders strapazierfähiger Gummi; ⇨ Fruchtgummi.

Kniefall, [mask., –s, –fälle] Kniefall in Warschau: Was steckte alles in Brandt? ⇨ Polen.

knipsen, [trans. Vb.] *Kurzwort für* sich ein Bild ⇨ machen; ⇨ Fuji-Film®.

Koch, [mask., –es, Köche] Hoffnung der Kochkunst: von Mahl zu Mahl besser – manchmal ist da aber einfach nichts zu ⇨ machen, wenn der Koch z. B. lediglich ein so genannter Aufrührer ohne Bratervertrag ist, der eigentlich nichts anrichtet und schon gar nichts anrührt, sondern nur auf den Pudding haut – oder wenn ⇨ es sich um einen so genannten Schmalhans oder Kartoffel-Kretin ohne soßiale Bindung handelt, der einem alles Mögliche auftischen will oder einfach nichts auf der Pfanne hat; ⇨ Zahnpasta.

Kochtail, [mask., –s, –s, deutsch-engl.] heißes Mixgetränk; ⇨ Thema.

Kohl, [mask., –s] da Kohl häufig der Meinung ist, die Ernte ⇨ koste ihn den ⇨ Kopf, steckt er letzteren lieber in den Sand; ⇨ Ackerbau.

Kohl, Helmut, * Ludwigshafen 3. April 1930, bis zu seinem Vorsitzende soll der allseits beleibte ⇨ Kohl (staatliche Figur) selbst für seine ⇨ Zahnpasta einen Spender benutzt haben; ⇨ CDU®.

Kokain, [neutr., –, indian.-span.-latein.] schmeckt – mit Backpulver gestreckt – wie der letzte Crack; ⇨ Kolumbien.

Kokain-Konsument, [mask., –en, –en, indian.-span.-latein.] wie sagte doch schon Plinius: *»Nulla dies sine linea«* (Kein Tag ohne Linie).

Köln, [neutr., –s] über Köln haben Piloten manchmal einen Anflug von Wahn; ⇨ Flugverkehr.

Kolumbien, [neutr., –s] »Wo, bitte, ⇨ geht's denn hier nach Kolumbien?« – »Immer der Nase nach!« ⇨ Daum-Syndrom.

Kolle, Oswald, * Schamburg-Lippe 31. November 1928, führender Örnithologe (Vögelkundler), der in den sexiger Jahren nicht nur Aufmerksamkeit erregte; ⇨ Kuckucks-Klan.

»Kommen und gehen«, [intr. Vb.] Motto für Stundenhotels – sonst ist es in diesen Instituten für Hodenkunde – besonders bei niedrigen Einführungspreisen – schnell gerammelt voll; ⇨ Nummernschild.

Kommunist, [mask., –en, –en, latein.-engl.-franz.] Kommunisten sind manchmal schwer von KP; ⇨ Apostrophe.

Kondom, [neutr., –s, –e, engl.-franz.] besonders beim außerehelichen Verkehr gilt: Wenn man keins übergezogen hat, kriegt man schnell mal eins übergezogen; ⇨ Alimentation.

Konfektionsware, [fem., –, –n, latein.-franz.-deutsch] Motto: ⇨ Wir bleiben bei der Stange; ⇨ Beinkleid.

Konjunktivitis, [fem., –, –den, latein.] die nicht gerade wimperlichen ⇨ Augenärzte warnen vor der Möglichkeit der Form: Wäret den Anfängen! ⇨ Brille.

Konservenfabrik, [fem., –, –en, latein.-franz.] nach der letzten Überprüfung ⇨ durch das Gesundheitsamt (die mal wirklich ans Eingemachte ging) hatten alle Konservenfabrik-Manager die Dosen gestrichen voll; ⇨ BSE.

Konteradmiral, [mask., –s, –e, arab.-latein.-franz.] »Mein Sohn ist ja jetzt ein hohes Tier bei der Marine.« – »Ach, Konteradmiral werden?« ⇨ Tidenhub.

Kontermutter, [fem., –, –mütter, latein.-franz.] meist schlagfertiger weiblicher Elternteil eines ⇨ Konteradmirals.

Kopf, Prof. Dr. Karl, * Plattensee (Elbe-Seitenscheitel-Kanal) 31. April 1922, überzeugte in der Erforschung der Plattentektonik ⇨ durch einen sensationell neuen Haar-Ansatz, leider mussten seine Informationsveranstaltungen über Glatzenbildung ausfallen; ⇨ Haare.

Kopfjucken, [neutr., –s] unangenehmer Juckreiz auf der Kopfhaut, meistens verursacht ⇨ durch so genannte Geheimratzecken; ⇨ Frisör.

Kopie, [fem., –, –n, latein.] Kopien sind oft nur in streng imitierter Auflage zu bekommen; ⇨ Ideendiebstahl.

kosten, [trans. Vb.] »Wenn ich eine Peking-Ente zubereite, gebe ich meinem Kind alles zum Probieren: Koste ⇨ es, was ⇨ es wolle.« – »Hoffentlich wird ⇨ es nicht gleich den ⇨ Kopf kosten. Ich hab's schließlich auch schon Pferde kosten sehen.« ⇨ Koch.

Kot-Tangens, [mask., –, –, deutsch-latein.] ein dreckiges Dreiecksverhältnis von Kathetern; ⇨ Quadrat.

Krankenversicherung, [fem., –, –en] immer wieder versichern uns die Ärzte, dass ⇨ wir wieder gesund werden. Oft bleibt ⇨ es aber leider nur bei dieser Versicherung; ⇨ Geflügelassekuranz.

Krankheitsherd

Krankheitsherd, [mask., –s, –e] ⇨ *Abb.*

Kreis, [mask., –es, –e] umfangreiche Recherchen haben ergeben: Kreise hassen zentrale Fragen, schütteln ihr kreises Haupt und ⇨ machen um den Mittelpunkt (selbst bei Intervention der Kreisverwaltung) lieber einen großen Bogen; ⇨ Instrumentenbauer.

Krieg, [mask., –es, –e] ⇨ *Abb. S. 84.*

Kriegserklärung, [fem., –, –en] elterliche Antwort auf die kinderleichte Frage der Kinder, warum ⇨ es Krieg gibt; ⇨ Edvard Grieg.

Kriminalromanistik, [fem., –, latein.-franz.] Wissenschaft und Lehre von französischen Gangstererzählungen; ⇨ Emile Zolala.

Krücke, [fem., –, –n] Lieblingsbeschäftigung von Krücken: die Beine vertreten; ⇨ X-Beine.

Kuckucks-Klan, [mask., –s, deutsch-keltisch-engl.] a) Organisation von Beologen, die einen Vogel haben; ⇨ Ornithologie; b) Fachverband der ⇨ Gerichtsvollzieher.

Kuh, [fem., –, Kühe] Kühe sind äußerst melkwürdige Tiere; ⇨ BSE.

Kuhchen, [neutr., –s, –] Gebäck für überzeugte Nicht-Vegetarier; ⇨ Kleinbauer.

Kuhhandel, [mask., –s] richtiges Verhalten beim Kuhhandel: Erst die Waren absetzen und dann sich – also: Färsengeld geben; ⇨ Tektor.

Kuhtür, [fem., –, –en] der Eingangsbereich eines Gebäudes für laktierende Nutztiere; ⇨ Schneider.

Küken, [neutr., –s, –] unser Rat an sämtliche Küken: Alles immer an die große Glucke hängen! ⇨ Raphuhn.

Kunstgeschichte, [fem., –] Was macht die Kunst so? Rubens war dick, Albrecht dürrer;

Belagerungskrieg

Gustav verklimt und August hatte 'ne Macke. Unser Tipp: Male Diven! ⇨ Vincent van Gogh.

Künstler, [mask., −s, −] gelobt sei, was Art macht.

Kurierdienst, [mask., −s, −e, latein.-ital.-franz.-deutsch] *anderes* ⇨ *Wort für* Ärzteschaft; ⇨ Doktorarbeit.

Kurs, [mask., −es, −e, latein.-franz.-niederl.] *Kurswort für* Kursus; ⇨ Glatzenbildung.

KW, [Abk.] *Abkürzung für* Kurzwort, wie z. B. in PKW, LKW, UKW, FCKW.

L

Labermat, [mask., –en, –en, deutsch-latein] *anderes* ⇨ *Wort für* Anrufbeantworter; ⇨ Telefonitis.

Labyrinth, [neutr., –s, –e, griech.-latein.] ein Labyrinth hat oft ein sehr verirrtes Publikum; ⇨ verfahren.

Lampenschirm, [mask., –s, –e, griech.-latein.-franz.-deutsch] ⇨ *Abb.*

Latte, Christiane, *Prick-upon-Semen 6. September 1969, Pornofilm-Darstellerin – alle hingen an ihren Lippen, auch wenn ihre Zunge schon belegt war, bis sie eine wichtige Stellung bekleidete. Häufig arbeitete sie zusammen mit ihrem Partner Christian Ständer, der sich aber als nicht unendlich blasbar he-

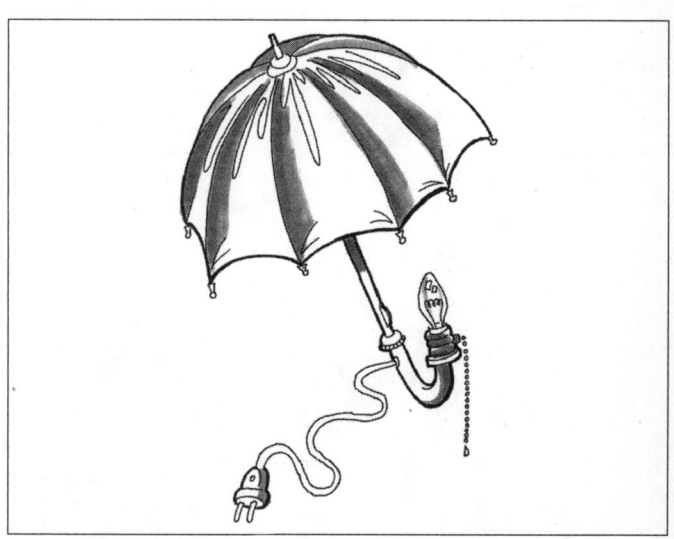

Lampenschirm

87

rausstellte, oder mit dem bekannten Schweden Lasse Samenstrøm, der jetzt übrigens auch einen Stellungswechsel anstrebt; ⇨ Oswald Kolle.

Laufpass, [mask., –es, –pässe, deutsch-latein.-franz.] staatlich anerkanntes Diplom am Ende der Jogger-Ausbildung; ⇨ Joggurt.

Lauf-Steak, [neutr., –s, deutsch-engl.] Rindfleisch auf der Flucht vor ⇨ BSE oder ⇨ Maul- und Klauenseuche; ⇨ *Abb.*

Lautgesetz, [neutr. –es, –e] Teil der Lärmschutzverordnung, das ist aber nichts Noise; ⇨ Tontopf.

Lautsprecher, [mask., –s, –] *eindeutschend für* Muezzin; ⇨ Mekka.

Lavamat, [mask., –en, –en, latein.-ital., eingetr. Wz.] Gerät zur Magma-Herstellung; ⇨ Speyer.

Lebenslauf, [mask., –s, –läufe]

Lauf-Steak

Lebensläufe weisen manchmal Brüche auf – besonders bei den gemein als berechnend bekannten Mathematikern; ⇨ Die Brüche von Arnheim.

Lebensmitte-Allergie, [fem., –, –n, deutsch-griech.] extreme Form der Midlife-Crisis; ⇨ Psychoanalytiker.

Leerplan, [mask., –s, –pläne, deutsch-latein.-franz.] ⇨ *Abb. S. 90.*

Legende, [fem./mask., –n, –n] die Legenden von goldenen ⇨ Eiern legenden Hühnern handeln vorwiegend von leger liegenden, lügenden Hühnern – und nur nebenbei von Legenden; ⇨ Eiland.

Lehrer, [mask., –s, –] vor Beginn der Arbeit heißt ⇨ es: Habe ich eine klasse Klasse? ⇨ Klassenfeind.

Leibniz, Gottfried Wilhelm, * Leipzig 1. Juli 1646, † Hannover 14. November 1716, ⇨ geht uns schon seit mehreren Monaden auf den Keks; ⇨ Philosophie.

Leidkultur, [fem., –, –en, deutsch-latein.] gutes Benehmen bei Trauerfeiern, schließlich will man keine Beileidigungsklage riskieren; ⇨ CDU®.

Letten-Lover, [mask., –s, –, deutsch-engl.] die Letten-Lover vertreten rigaros ihre Sehnsucht nach schuhfixierten Stiefel-, ökologisch orientierten Sandal- (⇨ Sàn Dâle), meditativen Om- und süßen Salzletten; ⇨ Baltikum.

Liebig, X. B., * Darmstadt 12. Mai 1803, † München 18. April 1873, irgendein Chemiker; ⇨ Elementarunterricht.

Liechtenstein, [neutr., –s] als ⇨ wir plötzlich in Liechtenstein ankamen, war ich völlig vaduzt; ⇨ Schweiz.

Liftboy, [mask., –s, –s] Liftboys sind sehr empfindlich: Entweder sind sie auffahrend – oder sie erteilen einem gleich eine Abfuhr; ⇨ Hotelbesitzer.

Linguste, [fem., –, –n, latein.-franz.] *scherzhaft für* Sprachwissenschaftlerin; ⇨ redlich.

Litfaß, Ernst, * Berlin 1816, † Berlin 1874, wurde mit seiner Säule auf Anschlag berühmt; ⇨ Schreibtischtäter.

Live-Sex-Show, [fem., –, –s,

Mo	Di	Mi	Do	Fr	Sa	So
			14.00 Papier-korb			
					18.00 Abfall-eimer	

Leerplan

engl.] *anderes* ⇨ *Wort für* Pairformance bzw. bloße Vorstellung: Zeugen vor Zeugen; ⇨ Christiane Latte.

Lloyd Webber, Andrew, * London 22. März 1948, komponierte so einiges, vieles war für die Cats®; ⇨ Inlineskater.

Lösegeld, [neutr., –s, –er] a) Das ⇨ Geld, das jemand bekommt, der bei einer Quiz-Sendung alle Rätsel gelöst hat. Die Rätsel sind – und der Kandidat wirkt – gelöst; ⇨ Geldsendung; b) Lösegeld bezahlt man einem Spezialisten für die Abmachung besonders fest angezogener Schrauben, damit er mal

guckt, was da so abgeht; ⇨ Kontermutter.

Love-Parade, [fem., –, –s, eingetr. Wz., engl.] soll jetzt auch in ⇨ Köln abgehalten werden, Namensvorschlag: Alaaf-Parade; ⇨ Berlin.

Luderboot, [neutr., –s, –e] ⇨ *Abb.*

Lüneburger Heide, [mask., –n, –n] ein weites Feld, aber ⇨ es hat ⇨ wenig Zweck, mit ihm z. B. über ⇨ Gott zu reden,

Lyrik, [fem., –, griech.-latein.-franz.] bei Werken pornographischen Inhalts erfolgt die Bezahlung per Vers; ⇨ Ballaballaballade.

Luderboot

M

machen, [trans. Vb.] »Ich mache nichts aus mir.« – »Das macht mir nichts aus.« ⇨ Faulpelz.

Mädchenhandelschule, [fem., –, –n, deutsch-latein.] Ausbildungsstätte für Schlepperbanden; ⇨ Polizeimütze.

Mafia, [fem., –, arab.-ital.] *italienisch für* Familienbande; ⇨ Genitalien.

Magnum, [eingetr. Wz.] Schleckschusspistole: eigentlich ein ausgelutschtes　　⇨ Thema; ⇨ *Abb.*

Ich und meine Magnum®

Mähdrescher, [mask., –s, –] einen Mähdrescher zu bedienen ist eine nicht immer ganz ungefährliche Angelegenheit. *Literaturhinweis*: »Der Finger im Roggen.« ⇨ Ackerbau.

Mahleur, [neutr., –s, –e, latein.-franz.] angebranntes Essen; ⇨ Koch.

Mährchen, [neutr., –s, –] *veraltend für* altes, kleines Pferd; ⇨ Hengst-Verschnitt.

Mai-Nase, [fem., –, –n] *Gegenteil von* Juni-Ohr; ⇨ Märzulk.

Malaria, [fem., –, latein.-ital.] *kurz für* dem Ende entgegenfiebern; ⇨ Flickfieber.

Mangelberuf, [mask., –s, –e] zu den so genannten Mangelberufen gehören z. B. Waschfrau und Bügelhilfe; ⇨ Eisenmangel.

Manhattan, [neutr., –s] »Was hält eigentlich Bill Clinton von Hillary als Senatorin von New York?« – »Manhattan noch nicht gefragt.« ⇨ klinten.

Mann, [mask., –es, Männer] *Kurzwort für* zweieiiger Einling; ⇨ Frau.

many, [Indefinitpron., engl.] ist für *viele* ein Fremdwort.

Mark, [mask., –s] Spitz-Name; ⇨ Vorname.

Markforschung, [fem., –] Knochenarbeit;   ⇨ Spareinlagen.

marschieren, [intrans. Vb., franz.] *Kurzwort für* in Ordnung ⇨ gehen; ⇨ Soldat.

Märzulk, [mask., –s, –e, latein.-deutsch] verfrühte Form von Aprilscherz.

Matscheibe, [fem., –, –n] Nadelbaumart in sumpfigen Gebieten; ⇨ Kieferngewächs.

Maul- und Klauenseuche, [fem., –, –n] Begriff aus der Wirtschaftskriminalität: Einige rechtschaffene Leute sparen sehr lange, um teure Schmuckstücke redlich zu erwerben, andere hauen einfach harmlosen Passanten aufs Maul- und Klauenseuche; ⇨ BSE.

Max und Moritz, waren damals – ähnlich wie heute der Finanzminister – mit Streichen beschäftigt; ⇨ Eichel.

McNetismus, Paul, * Gdingen 31. April 1443, † Lemberg 31. Juni 1512, Entdecker von Nord- und Süd-⇨Polen.

Medaille, [fem., –, –n, griech.-latein.-franz.-ital.] ⇨ *Abb.*

Die Kehrseite der Medaille

Medikation, [fem., –, –en, latein.] *ein Name von* Arznei; ⇨ Aspirin®.

Meerkur, [fem., –, –en, deutschlatein.] *Kurzwort für* Aufenthalt an der See; ⇨ Tidenhub.

Mehr-Jungfrau, [fem., –, –en] *Gegenteil von* Nicht-Mehr-Jungfrau. Das bedeutet zum Beispiel, dass das Geschäft nach der Erstbesteigung nicht mehr so recht defloriert; ⇨ Tampon.

Meise, [fem., –, –n] ⇨ *Abb.*

Eine Meise unterm Pony

Mekka, [neutr., –s, –s] Mekka gilt als das ⇨ Mekka für islamistische Touristengruppen; ⇨ Lautsprecher.

Mercator, Gerhardus, * Rupelmonde 5. März 1512, † Duisburg 2. Dezember 1594, Kartograph, der zeit seines ganzen Lebens an einer so genannten Mercator-Projektion (⇨ Psychoanalytiker) litt. Er entwickelte eine innige Liebe zu Landkarten – eigentlich kaum zu Globen; ⇨ Messdiener.

Mercedes, [fem., –] Märchenfigur in der Geschichte vom Daimling®; ⇨ Audi®.

Message-Salon, [mask., –s, –s, engl.-ital.-franz.] *ein anderes* ⇨ *Wort für* ⇨ Internet-Café.

Messdiener, [mask., –s, –] ⇨ *Abb.*

Messdiener

Metode, [fem., –, –n, deutsch-griech.-latein.] feierliches Gedicht auf den Honigwein; ⇨ imkern.

Microsoft, [neutr., –s, engl., eingetr. Wz.] Sprichwort: Microsoft® kommt oft; ⇨ Widows 2000®.

Mietgliedsbeitrag, [mask., –s, –beiträge] Honorar für einen Callboy; ⇨ Prostitution.

Mietspiegel, [mask., –s, –, niederl.-latein.] angesichts der hohen Anschaffungskosten von Spiegeln entlastet man die Haushaltskasse am besten ⇨ durch Mietspiegel.

missbrauchen, [trans. Vb.] ein oft missbrauchtes ⇨ Wort.

Mister, [mask., –s, –] landwirtschaftliche Hilfskraft; ⇨ Ackerbau.

Mitglied, [neutr., –s, –er] *scherzhaft für* männlicher Angehöriger einer Organisation; ⇨ Christiane Latte.

Mitpfarrgelegenheit, [fem., –, –en] Jobsharing bei Geistlichen; ⇨ Kirchgruppe.

Mobilienmakler, [latein.-franz.-deutsch] verkauft im Gegensatz zum Immobilienmakler alles außer Haus; ⇨ Speckulation.

Moderation, [fem., –, –en, franz.-latein.] erlaubte Höchstmenge an aktueller Kleidung pro Monat; ⇨ Rockfestival.

Modern Takling, [neutr., –s, engl.-deutsch, eingetr. Wz.] der Begriff ist zwar nicht ganz rigtig, bezeichnet aber eine aktuelle Form der Ausstattung von Segelschiffen. Nicht nur die besandere Takelage wurde verändert, auch die Schiffsbretter haben neue Bezeichnungen: Alle Bohlen heißen jetzt Dieter, nur Thomas, der heißt anders; ⇨ Windjammer.

Mokkassin, [mask., –s, –s, indian.] adäquates Schuhwerk für den Kaffeehaus-Besuch; ⇨ Spareinlagen.

Monogramm, [neutr., –s, griech.-latein.] *gehoben für* nur ein Gramm; ⇨ Kilogrammatik.

montiert, [Part. Perf., latein.-franz.] *angebrachte Übersetzung von* angebracht; ⇨ Lösegeld.

Mörser, [mask., –s, –] schweres Geschütz im Apothekerkrieg; ⇨ kapitulieren.

Motorrad, [neutr., –s, –räder, latein.-deutsch] »Ich kann mein Motorrad jetzt schon ganz alleine starten.« – »Dafür musst du aber erst einmal den Beweis antreten.« ⇨ Daewoo-Roller.

Mount Everest, [mask., –s, engl.] Sir Edmund P. Hillary kam als Erster drauf; ⇨ Yeti.

müde, [Adj.] »Warum bist du eigentlich immer so müde?« – »Das würde ich auch gähn mal wissen.« ⇨ Gähn-Technik.

Müllabfuhr, [fem., –, –en] bei der Ausbildung zum staatlich anerkannten Müllabführer muss viel Leergeld bezahlt werden; ⇨ Leerplan.

Mund, [mask., –es, Münder] da spuckt's, aber ⇨ Gott sei Dank hält sich bei den meisten die Begeiferung in Grenzen; ⇨ Zahnschmerzen.

Museumsangestellte, [mask./fem., –n, –n, griech-latein.-deutsch] Museumsangestellte werden manchmal – trotz guter Führung – entlassen; ⇨ feuersicher.

Musikunterricht, [mask., –s, griech.-latein.-franz.-deutsch] »Wie nennt man denn ein Intervall von zwei Tonstufen?« – »Da muss ich mal überlegen. Sekunde ...« –»Gut, setzen.« ⇨ Schule.

Mustang, [mask., –s, –s, eingetr. Wz.] Fordbewegungsmittel; ⇨ Schlafwagen.

Muster, [neutr., –s, –, latein.-ital.] »Erst zeigte er mir seine Warenproben und dann Muster gleich wieder nach Hause.« ↪ Handelsvertreter.

Musterschüler, [mask., –s, –, latein.-ital.-deutsch] »Ich hatte in allen Fächern eine Eins, außer in Sexualkunde.« – »Und was hattest du da?« – »Befriedigend.« ⇨ Hausaufgabe.

Mutterkuchen, [mask.,–s,–] *anderes* ⇨ *Wort für* Geburtstagstorte.

Muttivation, [fem., –, –en, deutsch-latein.] *tiefenpsychologisch für* Auslöser von Kinderwunsch bei ⇨ Frauen.

Nachspeise, [fem., –, –n] *Gegenteil von* vor Gericht; ⇨ Pommesbude.

Nahrungsmittelknappheit,
[fem., –, –en] Knappheit an Nährmitteln im Haushalt begegnet man am besten ⇨ durch einen gezielten Einkauf – z. B. in einem der häufig gar nicht so weit vom eigenen Domizil entfernten Supermärkte; ⇨ Einkaufskorb.

Nanu-Technologie, [fem., –, –n, deutsch-griech.] die Nanu-Technologie steckt voller Überraschungen: »Nano, was ist das denn?«

Napoleon, * Ajaccio 15. August 1769, † Sankt Helena 5. Mai 1821, sagte kurz vor seinem Ende: »I've got no France anymore.« ⇨ Paris.

Narbe, [fem., –, –n] *veraltend für* Schnittstelle; ⇨ Computer.

Nasenhöhle, [fem., –, –n] ⇨ *Abb.*

Nasenhöhle

Naturkunde, [mask., –n, –n] Käufer in einem Bio-Laden; ⇨ Vegetarier.

Nebensatz, [mask., –es, –sätze] z. B. »Der Fernseher steht neben dem Schrank.« ⇨ Einsatz.

Nebenwirkung, [fem., –, –en] *Patient*: »Hat das Mittel irgendwelche Nebenwirkungen?« – *Arzt*: »Eigentlich nicht. Aber vielleicht stößt Ihnen ja etwas Komisches auf und Ihnen wird übel. Naja, und wenn's hoch kommt, müssen Sie sich eben ⇨ übergeben.« ⇨ Medikation.

Neffe, [mask., –n, –n] »Hat deine Schwester endlich mal einen Sohn bekommen?« – »Nein, meine Träume (⇨ Traumdeutung) wurden mal wieder zu Nichte gemacht.« ⇨ Zeh.

Negersklave, [mask., –n, –n, latein.-griech.-span.-port.-französ.-slaw.] *politisch inkorrekt für* very imported people; ⇨ Giraffe.

neingen, [trans. Vb.] *Gegenteil von* jagen; ⇨ Weidmannsheil.

Netzbetreiber, [mask., –s, –] *anderes ⇨ Wort für* ⇨ Fischer; ⇨ Außenpolitik.

Neulichkeiten, [Plur.] Nachrichten von gestern; ⇨ Die Zeit®.

neunhundertneunundneunzig Euro und neunundneunzig Cent, [Plur., deutsch-griech.-latein.] typisches Beispiel für das so genannte Preisausschreiben; ⇨ Cent.

Nierensenkung, [fem., –, –en] *anderes ⇨ Wort für* im Po Nieren; ⇨ Gallerist.

Nierentisch, [mask., –s, –e] spezielle OP-Saal-Apparatur zur Ablage alter Nieren; ⇨ Chirurg.

Niete, [fem., –, –n, niederl.] *Gegenteil von* Ausnahmslos,

anderes ⇨ Wort für Regellos; ⇨ Lotte Rie.

Niveau-Creme, [fem., –, –s, latein.-franz., eingetr. Wz.] Fettkrem der gehobenen Mittelklasse, im ⇨ Gegensatz etwa zu der ausschließlich in Gefängnissen verwendeten Haft-Creme; ⇨ *Abb*.

Niveau-Creme®

Nobel, Alfred, * Stockholm, 21. Oktober 1833, † San Remo 10. Dezember 1896, sein Name ist Dynamit und er hat einen hohen Preis bezahlt – trotzdem kann nicht alles seinen Preis haben; ⇨ Otto Hahn.

Nordfiesland, [neutr., –s] seit der Invasion der Marschmenschen Wohnort des so genannten Gemeinen Fiesen.

00-Siebe, [Plur.] mit so genannten 00-Sieben werden Gitternetze in Urinalen bezeichnet; ⇨ Abschlagzahlung.

Nummernschild, [mask., –s, –e, latein.-ital.-deutsch] *anderes* ⇨ *Wort für ein* ⇨ Kondom; ⇨ Fromms®.

O

oberprima, [Adj., deutsch-latein.] *veraltend für* superaffentittenmonstermegageil; ⇨ Sekundarstufe II.

Obstanbau, [mask., –s] unser Tipp: Pflücket, so werdet ihr ernten. Das ist so sicher wie der Samen in der Kirsche; ⇨ Ackerbau.

Ode Toilette, [fem., –n, –n, griech.-franz.] *französisch für* Klospruch; ⇨ Abschlagzahlung.

Odontologie, [fem., –, griech.-latein.] die Zukunft der Zahnheilkunde ist noch ungebiss. ⇨ Wir drücken den Odontologen jedenfalls die Gaumen; ⇨ Xanthippe.

Office 2000, [eingetr. Wz.] Software-Paket, Nachfolger von Office Waskaputt®; ⇨ Microsoft®.

Öko-Anrufbeantworter, [griech.-deutsch] *scherzhaft für* Mitbewohner; ⇨ Labermat.

Omnibus, [mask,, –ses, –se, latein.-franz.] ⇨ *Abb.*

Online-Skates, [Plur., engl.] Hilfsmittel beim ⇨ Surfen im ⇨ Internet, gern wird dazu ein Netzhemd getragen; ⇨ Cybermasturbation.

Omnibus: Einsteigermodell und Aussteigermodell (v. l. n. r.)

Ono, Kim, * Tokio 18. Februar 1933, unehelicher Sohn von Yoko Ono nach einer lange geheim gehaltenen Affäre mit einem Morgenmantel; ⇨ Eskimono.

Operation, [fem., –, –en, latein.] »Wie ⇨ geht's dir denn jetzt nach deiner nicht ganz billigen Finger-Operation?« – »Sowohl mein Finger als auch mein Schuldenberg sind angewachsen.« ⇨ Mähdrescher.

Ornithologie, [fem., –, griech.] »Entschuldigung, wäre es Ihnen wohl unter Umständen möglich, mir zu sagen, wo ich etwas über ⇨ Vögel erfahren kann, die ihre ⇨ Eier in fremde Nester legen?« – »⇨ Geh zum Kuckuck!«

Österreicher, [mask., –s, –] einige Österreicher erzählen von ihrer Geschichte nur ungarn; ⇨ Ski Heil!

Ostersonntag, [mask., –s, –e] hoher christlicher Eiertag; ⇨ Pascha-Fest.

Outo, [neutr., –s, –s, engl.-latein.] *abgesagtes ⇨ Wort für* Oldtimer bzw. Verkehrsrelikt.

P

Paar-Reim, [mask., –s, –e] »Ich
und meine ⇨ Frau, ⇨ wir
sind ständig blau. Und trink'
ich noch 'n paar, dann isse
wunnerbar.« ⇨ Beziehungs-
problem.

Pädagogik, [fem., –, griech.-la-
tein.] wichtige Frage: Wie
kann man die ⇨ Schüler zur
Aufgabe zwingen? ⇨ kapitulieren.

Paketzusteller, [mask., –s, –]
»Was bringt uns denn heute
der Paketzusteller?« – »Ein
Päckchen für den Nachbarn.
Ich nehme ⇨ es jedenfalls
an.« – »Paket aus!« ⇨ Rohrpost.

Papst, [mask., –es, Päpste, latein.]
a) *eindeutschend für* global
prayer, ⇨ holy shit; b) Er seg-
net ja so vieles, demnächst
wohl auch das Zeitliche; c)
Da er für ⇨ Kondome nichts
übrig hat, kommt er als
Schutzheiliger nicht in Frage;
⇨ Sàn Dâle.

Paradies, [neutr., –es, –e, pers.-
griech.-latein.] gibt ⇨ es das
Paradies oder nicht? Um
diese Frage überzeugend be-
antworten zu können, muss
man wohl erst einmal dran
glauben; ⇨ Gott.

Paris, [neutr., –] welsch eine
Stadt!

parlamentieren, [intrans. Vb.,
griech.-latein.-franz.-engl.] 'n
paar lamentieren immer;
⇨ Bundestag.

Partysan, [mask., –en, –en, engl.-
latein.-ital.-franz.] Partysanen
⇨ gehen abends gern mal auf
eine Fehde; ⇨ Affenstill-
stand.

Pascha-Fest, [neutr., –s, –e, hebr.-
griech.-latein.] *anderes ⇨ Wort
für* Vatertag; ⇨ Slalom!

Pattelogie, [fem., –, deutsch-
griech.-latein.] *wirtschaftssprachlich für* die Lehre vom
⇨ Geld. Wichtigste Erkennt-
nis: Die meisten Mäuse, die
man verdient, sind für die
Katz; ⇨ Inlineskater.

Patrone, [fem., –, –n, latein.] *anderes Wort für* Schutzheilige;
⇨ Papst.

pejorativ, [Adj.] *abwertend für*
abwertend; ⇨ Geldentwer-
tung.

Pellworm, [mask., –s, –s, deutsch-engl.] *sog.* Pellkartoffel-Schädling; ⇨ Nordfriesland.

Pessar, [neutr., –s, –e, griech.-latein.] *anderes* ⇨ *Wort für* Frauenschutz; ⇨ Papst.

Petitionsausschuss, [mask., –es, –schüsse, latein.-deutsch] entscheidet über das Schicksal von Briefbeschwerern; ⇨ Bundestag.

Pfahl, Martha, * Peine 14. Juli 1934, gründete einen großen Versand für Schmerzartikel; ⇨ *Abb.*

9-schwänzige Katze

Pfandkuchen, [mask., –s, –] ⇨ *Abb. S. 107.*

Pfeife, [fem., –, –n, latein.] anders als menschlichen Pfeifen raucht pfeiflichen Pfeifen häufig der ⇨ Kopf.

Pferdeteller, [mask., –s, –] Teil des Pferdegeschirrs; ⇨ aufzäumen.

Philosoph, [mask., –en, –en, griech.-latein.] der denkt über Dasein oder andere nach; ⇨ Philosophie.

Philosophie, [fem., –, –n, griech.-latein.] ⇨ Philosophen sollte man lieber nicht ins Gehegel kommen – schnell bekommt man einen Schlag mit einem Kant-Holz (meist aus Fichte) verpasst; ⇨ Fragen der Menschheit.

Piano, [neutr., –s, –s, ital.-franz.] geflügeltes ⇨ Wort; ⇨ Steinway®.

Picknick, [neutr., –s, –s, franz.-engl.] ⇨ es gibt auch so genannte verborgene Plätzchen, also: Vorsicht, lieber keinem auf den Keks ⇨ gehen! ⇨ Gottfried Wilhelm Leibniz.

Pigeonhole, [neutr., –s, –s, engl.] englischer Fach-Ausdruck.

pikieren, [trans. Vb., franz.] *scherzhaft für* mit Pik stechen; ⇨ Spielkartenfarbe.

Pfandkuchen

Pillenknick, [mask., –s, –e, latein.-deutsch] ⇨ *Abb.*

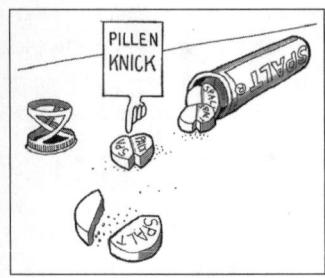

Pillenknick

Pilotfilm, [mask., –s, –e, griech.-ital.-franz.-engl.] bleibt manchmal ohne Folgen; ⇨ Filmhandlung.

Pilz, [mask., –es, –e, griech.-latein.] neueste Forschungsberichte bestätigen: Alle Arten sind essbar, einige allerdings nur ein Mal; ⇨ Glückspilz.

Pipicaca-See, [mask., –s] stark verschmutztes Gewässer in Südamerika; ⇨ Erklärwerk.

plan, [Adj., latein.-franz.] *flachsprachlich für* nicht gewölbt, sondern eben flach.

Plast, Hans A., * Emplâtresur-Blesse 15. August 1923, machte sich einen Namen auf dem Gebiet des Krankenhaus-Entsorgungswesens. Er war auf Mullabfuhr spezialisiert; ⇨ Durchfallraten.

Plateau, * Athen 428 vor Chr., † Athen 347 vor Chr., die später nach ihm benannten Plato-Sohlen waren eine Idee höher als herkömmliche; ⇨ *Abb.*

plateaunische Liebe (Aufreißzeichnung)

Plöner, [mask., –s, –] Schimpfwort aus der Autofahrerfachsprache: Die dusseligen Plöner gelten als die Pinneberger ⇨ Kiels; ⇨ Hamburg-Alzheimer®.

Polen, [neutr., –s] Land der ⇨ Gegensätze mit magnetischer Anziehung: Einerseits wird viel von Strip-Lokalen berichtet, wo sich die Polen ausziehen; andererseits hört man aber auch von Nord- und Südpolen, die sich anziehen; ⇨ Paul McNetismus.

Polier, [mask., –s, –e, griech.-latein.-franz.] Poliere sind bekannt für ihre geschliffenen Umgangsformen: »Würdest du bitte das Auto – denn sonst würde ich dir die Fresse – polieren!« ⇨ Bierholer.

Poli-Tour, [fem., –, –en, latein.-franz., eingetr. Wz.] putziges Warschauer Reiseunternehmen mit glänzenden Umsätzen.

Polizeiauto, [neutr. –s, –s, griech.-latein.] Polizeiautos werden von vielen einfach zur grünen Minna gemacht; ⇨ Bullette.

Polizeimütze, [fem., –, –n, griech.-latein.-deutsch] ⇨ *Abb.*

Hüte des Gesetzes

Polyphem, 8. Jahrhundert vor Chr., geblendet vom homer-sexuellen Odysseus beging er eine Riesen-⇨Dummheit nach der anderen; ⇨ Homer.

Pommesbude, [fem., –, –n, franz.-deutsch] Pommesbuden-Besitzer mit ihrer gutwürger-lichen Küche geben gern zu allem – insbesondere zu jedem Fettigmenü – ihren Senf; ⇨ Standgericht.

Popeline, [fem., –, –n] *hals-nasen-ohren-facharztfach-sprachlich für* kleines Stück verhärteten Nasenschleims, ⇨ Euternasie.

Popp-Musik, [fem., –, deutsch-griech.-latein.-franz.] bei dieser (auch unter dem Namen *Blas-Musik* bekannten) Musikrichtung darf man den Mädels schon mal unter den Kuschel-Rock® greifen; ⇨ Dissetation.

Posauna, [fem, –, –s, deutsch-finn.] Melodie-Instrument aus dem Hot ⇨ Jazz, mit dem man so manchem den ⇨ Arsch abspielen kann.

Posen, [neutr., –s] das ⇨ Mekka der Bodybuilder; ⇨ Body-Building.

Post, [fem., –, –en, latein.-ital.] man hat den Eindruck, dass die Mitarbeiter der Post die

Pronomen

meiste Zeit freimachen; ⇨ Brief.

Prädikat, [neutr., –s, –e, latein.] im Satz: besonders wertvoll; ⇨ Satzlehre.

Präpositionsverkäufer, [mask., –s, –, latein.-deutsch] *Oberbegriff für* Über-, Unter-, Vor- und Zwischen-Händler.

Problemzone, [fem., –, –n, griech.-latein.] *scherzhaft für* die ehemalige DDR®. Lange wurde versucht, die Schwierigkeiten mit so genannter Problemzonengymnastik aus dem Weg zu räumen; ⇨ Bundestag.

Pronomen, [neutr., –s, –nomina, latein.] ⇨ *Abb. S. 110.*

pronomen, [trans. Vb., latein.] *hochsprachlich für* befürworten.

Prostitution, [fem., –, latein.-franz.] die Prostitution ⇨ geht ja einigen Moralaposteln und Sittenwächtern gewaltig gegen den Strich bzw. macht ihnen einen Strich ⇨ durch die Rechnung, so dass ihnen unter dem Strich nichts anderes übrig bleibt als zu sagen: Strich drunter! ⇨ *Abb.*

Proto-Call-Führer, [mask., –s,

–, griech.-engl.-deutsch] Leiter einer Urschrei-Therapie; ⇨ Eselterik.

Provinz, [fem., –, –en, latein.] in der Provinz macht man keine großen Orte; ⇨ Freilassing.

Psychoanalytiker, [mask., –s, –, griech.] ein echter Traumberuf; ⇨ *Abb. S. 112.*

Pünktlichkeitsfanatiker, [mask., –s, –, deutsch-latein.-franz.] diesen Leuten fehlt es an gesundem Uhrvertrauen; ⇨ Uhrteil.

Pyromanie, [fem., –, griech.] eine ziemlich ansteckende Krankheit; ⇨ Feuer.

Strich in der Landschaft

Psychoanalyse

112

Q

Q.P., [Abk.] *Abkürzung für* Coupé; ⇨ Autokratie.

Quadrat, [neutr., –s, –e, latein.] ein Quadrat ist ein recht eckiges und winkliges Gebilde, das gleichseitig auch noch breit ist; ⇨ Alkoholiker.

Quadratwurzel, [fem., –, –n, latein.-deutsch] ⇨ *Abb.*

Quadratwurzel

Quallität, [fem., –, –en] Güteklasse von schirmförmigen, aus einer gallertartigen Masse bestehenden Meerestieren.

Quellwolke, [fem., –, –n] sehr dumme Himmelserscheinung; ⇨ es wird also endlich Zeit, dass sich die Kultusminister mal um die Bildung von Quellwolken kümmern; ⇨ Bill Dung.

Quickie, [mask., –s, –s, engl.] *englisch für* Eiliger Vater; ⇨ Alimentation.

quietschfidel, [Adj., deutsch-latein.] ist jemand nicht mehr quietschfidel, hilft manchmal nur noch die letzte Ölung; ⇨ Kirchenaustritt.

Quotenregel, [fem., –, –n, latein.] Menstruation bei Quotenfrauen; ⇨ Vegetationsperiode.

R

Rabatmarke, [fem., –, –n, marokk.-latein.] marokkanisches Postwertzeichen; ⇨ Brief.

Radar, [mask./neutr., –s, –e, engl.-amerik. Kurzwort] für alle, die keine Peilung haben: Ortung ist das halbe Leben; ⇨ Towerarbeitslosigkeit.

Ramazotti-Treff, [mask., –s, –s, ital.-deutsch] *eindeutschend für* Eros-Center; ⇨ Prostitution.

RAM-dösig, [Adj., engl.-deutsch] wird man spätestens bei dem dritten ⇨ Computer-Absturz; ⇨ Bill Gates.

Raphuhn, [neutr., –s, –hühner, engl.-deutsch] das Raphuhn mit seinem großen Rappertoire gilt als der Spezialist für Sprechgesang unter den ⇨ Vögeln; ⇨ Popp-Musik.

Rapsodie in Gelb, [fem., –, –n] *anderer Name für* Nord- ⇨ Deutschland im Frühling; ⇨ Nordfiesland.

Rasenfläche, [fem., –, –n] a) *scherzhaft für* Autobahn; b)

Probleme bereitet bei öffentlichen Parkanlagen die Überdüngung ⇨ durch Hundekot: Viele ⇨ Hunde sind des Rasen Tod.

Räuberpistole, [fem., –, –n, deutsch-tschech.] ist zum Schießen; ⇨ Individuell.

Raucher, [mask., –s, –] Motto der Raucher: ⇨ Wir stehen auf die Kippe; ⇨ Katarrh-Frühstück.

Raumfahrt, [fem., –] von der Reise zu fremden Sonnensystemen sind ⇨ wir noch Lichtjahre entfernt; ⇨ Astronom.

Rechteck, [neutr., –s, –e] von diesem vierseitig begabten Gebilde könnte man jetzt recht winklig lang und breit berichten; ⇨ Euklid.

Redewendung, [fem., –, –en] *Kurzwort für* das ⇨ Wort im Munde herumdrehen.

redlich, [Adj.] *anderes* ⇨ *Wort für* sprachlich.

Regen, [mask., –s] gilt – in wüsten Gebieten ohne Beregnungsstätte – als ausgefallene Himmelserscheinung; ⇨ Quellwolken.

reinrein, [Adj.] *eindeutschend für* purpur; ⇨ Farbpsychologie.

Reis, [mask., –es, griech.-latein.] wieder sind Fortschritte aus der ⇨ Gen-Technik zu vermelden: Wissenschaftlern gelang die Quadratur des Reises; ⇨ Quadratwurzel.

Reiserute, [fem., –, –n] Schlagwaffe des Weihnachtsmanns; ⇨ Weihnachten.

Reistagsgebäude, [neutr., –s, –, griech.-latein.-deutsch] Sitz der Regierung in Peking; ⇨ Reis.

rekapitulieren, [intrans. Vb., latein.] *lateinisch für* zum wiederholten Male aufgeben; ⇨ kapitulieren.

Rektalvioline, [fem., –, –n, latein.-ital.] *gehoben für* Arschgeige; ⇨ Arsch.

R.E.M.-Brand, [mask., –s, –brände, engl.-deutsch] ein Traum (⇨ Psychoanalytiker) von einem ⇨ Feuer; ⇨ Kunstgeschichte.

Rentenloch, [neutr., –s, –löcher, latein.-franz.-deutsch] das haben ⇨ wir doch schon in der ⇨ Schule gelernt: Vorsorgen gilt nicht; ⇨ Geflügelassekuranz.

Rheinhessen, [neutr., –s] hier schenken sie einem Rheinwein ein und stehen einem Rebe und Antwort – voraus-

gesetzt, dass man nicht zu sehr herummoselt; ⇨ Windsor-Genossenschaft.

Rheinisches Skifahrgebirge, [deutsch-norw.] berühmtes Wintersportgebiet, was aber einige für Skier unmöglich halten; ⇨ Skisport.

Richter, [mask., –s, –] extrem schüchterne Richter werden wegen Befangenheit abgelehnt; ⇨ Standgericht.

Rie, Lotte, *Unafort 25. Januar 1966, hat was Los (⇨ Niete), verheiratet mit Jack Pott. 1974 gewann sie fünf Millionen Mark. (Das war damals viel ⇨ Geld!)

Riese, [mask., –n, –n] »Ich habe kürzlich einen Riesen gesehen.« – »Aber der müsste doch eher länglich und nicht kürzlich gewesen sein.« – »Sich mit dir zu unterhalten ist einfach zwerglos.« ⇨ Polyphem.

Riesling, [mask., –s] nur so eine Rebensart; ⇨ Rheinhessen.

Rockfestival, [neutr., –s, –s, deutsch-latein.-franz.-engl.] *anderes* ⇨ *Wort für* Modenschau; ⇨ Popp-Musik.

Rohmanze, [fem., –, –n, deutsch-latein.-span.-franz.] sadomasochistische Liebelei zwischen Emanzen; ⇨ /-innen-Ministerium.

Rohrpost, [fem., –, deutsch-latein.-ital.] *scherzhaft für* Beate-Uhse®-Katalog; ⇨ Christiane Latte.

rohstig, [Adj.] *Gegenteil von* garstig; ⇨ Koch.

Rollenverteilung, [fem., –, –en, latein.-franz.-deutsch] allmorgendliche Distribution von Malerwerkzeugen; ⇨ Tapeziertisch.

römische Geschichte, [fem., –] ist für viele ein Buch mit sieben Hügeln; ⇨ Gajus Julius Cäsar.

Rowelle, Mick, *Ustensilesde-Cuisine 30. März 1943, Erfinder von Hi-Tech-Küchengeräten.

*rosa*eln, [intrans. Vb., latein.deutsch] *gehoben für* strahlend *pink*eln; ⇨ Abschlagzahlung.

Rosinenbrot, [neutr., –s, –e, latein.-franz-deutsch] *kochfachsprachlich für* Laibgericht; ⇨ Bäcker.

Rost, [mask., –s, –e] wird merkwürdigerweise meistens aus Chrom hergestellt; ⇨ Eisenmangel.

Rostbeef, [neutr., –s, –s, deutschengl.] stark eisenhaltiges Fleischstück; ⇨ Kuh.

Rückenpfeiler, [mask., –0, –, latein.-deutsch] *orthopädenfachsprachlich für* Wirbel; ⇨ Spareinlagen.

Rückporto, [neutr., –s] Rückstadt in Rückportugal am Rückdouro, in der Nähe des Rückatlantiks; ⇨ auseinanderbauchen.

Runterladen, [mask., –s, –läden] Software-Geschäft in downtown; ⇨ Cybermasturbation.

S

Sack, [mask., –es, Säcke] a) sackt mir nichts; ⇨ Sarg; b) den Unterschied zwischen einem Sack Zement und einem Sack Sophon kann man ganz leicht herausfinden, indem man mal kurz hineinbläst.

Säge, [fem., –, –n] Sägen sind – besonders im stumpfen Zustand – äußerst nichts sägende Werkzeuge; ⇨ Vorschlaghammer.

Sägebock, [mask., –s, –böcke] ⇨ *Abb.*

Salz, [neutr., –es, –e] Klumpt Ihr Salz? Hier ist die Lösung: Salz klumpt nicht so, wenn man ⇨ es in Wasser (gibt's in jedem guten Supermarkt) auflöst; ⇨ Zucker.

Samen, [mask., –s, –] *anderes* ⇨ *Wort für* Dickmacher; ⇨ Deckname.

Sance, René, *Florenz 1375, † Europa 1600, Widder-Geborener; ⇨ Horrorskop.

Sàn Dâle, [mask., –s, griech.-latein.-span.] Schuhtzheiliger der Schuhträger, große Anhängerschaft im ⇨ Baltikum bei den so genannten Stiefelletten; ⇨ Spareinlagen.

Sandpapier, [neutr., –s, –e, deutsch-griech.-latein.] gibt's in rauen Mengen.

Sägebock

119

Sarg, [mask., –es, Särge] sargt mir auch nichts; ⇨ Leidkultur.

Sargträger, [mask., –s, –] bei Sargträgern kommen die Talente zum Tragen zum Tragen.

Sattelschlepper, [mask., –s, –] ⇨ *Abb.*

Sattelschlepper

Satzlehre, [fem., –] im Satzteillager der Grammatik (⇨ Prädikat) unterscheidet man z. B. den ⇨ Kaffeesatz und den ⇨ Gegensatz ⇨ *Abb. S. 121.*

Sauberkünstlerin, [fem., –, –nen] *scherzhaft für* ⇨ Butzefrau bzw. Heimkehrerin.

Sauerstoff, [mask., –s] der arme Sauerstoff fühlt sich – trotz einiger Fälle von herzlicher Gasfreundschaft – von vielen einfach wie Luft behandelt; ⇨ Stickstoff.

Schach, [neutr., –s, pers.-arab.-roman.] ⇨ *Abb.*

Schach

Schaf, [neutr., –es, –e] auf der letzten Schafzüchter-Konferenz wurde das Zuchtziel für die Zukunft festgelegt: wohlwollende Schafe; ⇨ Traumdeutung.

Scharfrichter, [mask., –s, –] *fachsprachlich für* Abschmecker bei Tabasco®, nähere Informationen gibt ⇨ es auf der Website bei hotmeal®; ⇨ Standgericht.

Der Satz in den Silbensee

121

Schaumgebäck, [neutr., –s] Baiser ist das; ⇨ Airbag.

Schauspieler, [mask., –s, –] ein Beruf, der etwas darstellt; ⇨ Theaterbesuch.

Schenkungsurkunde, [fem., –, –n] Meisterbrief für einen ⇨ Wirt.

Scherzartikel, [mask., –s, –, deutsch-latein.] Schabernack unter Grammatikern, z. B. das Lampe, die Tisch, der Heizung; ⇨ Akkudativ.

Schiffsjunge, [neutr., –n, –n] Nachwuchs eines Mutterschiffs; ⇨ Windjammer.

Schiffsräder, [Plur.] ⇨ *Abb.*

Schiffsräder

Schiller, Friedrich, * Marbach 10. November 1759, † Weimar 9. Mai 1805, gründete mit ⇨ Goethe einen Dichtungsring und hat mit ihm einiges zusammen gereimt; ⇨ Paar-Reim.

schizophren, [Adj., griech.-latein.] *anderes ⇨ Wort für* parallel verschroben; ⇨ Sigmund Freud.

Schlafwagen, [mask., –s, –] *anderes ⇨ Wort für* Ford Siesta®; ⇨ Mustang®.

schlagobersmäßig, [Adj.] *österreichisch für* sahnemäßig; ⇨ oberprima.

Schlankheitspille, [fem., –, –n, deutsch-latein.] auch abwägige Mittel gegen Übergewicht finden immer mehr ⇨ Abnehmer.

Schlaraffenland, [neutr., –s] leben wie die Mädchen im Speck.

Schleswig-Holstein, [neutr., –s] typisches Beispiel für Förderalismus.

Schleusenwärter, [mask., –s, –, latein.-franzos.-niederl.-deutsch] Schleusenwärter haben immer den Kanal voll; ⇨ Trockendoc.

schmiedeeisern, [Adj.] *anderes*

⇨ *Wort für* reichlich behämmert.

Schneemann, [mask., –s, –männer] Schneemänner sind trotz des etwas anrüchig klingenden Schneetreibens häufig so schüchtern, dass sie erst nach wochenlangen einfühlsamen Gesprächen so richtig auftauen; ⇨ Yeti.

Schneider, [mask., –s, –] »Mein Sohn möchte Schneider werden.« – »Naja, gut im Futter ist er ja, aber hat er denn wirklich das Zeug dazu, einen solchen Beruf zu bekleiden?« ⇨ Rockfestival.

Schnelle Brüder, [Plur., deutschschwäb.] *scherzhaft für* Michael und Ralf Schumacher; ⇨ Atommüllendlager.

Schnepfchenjäger, [mask., –s, –] *scherzhaft für* Weidmann beim Winterschussverkauf; ⇨ Weidmannsheil.

Schnupperstunde, [fem., –, –n] Werbeaktion für ⇨ Kokain-Konsumenten; ⇨ Daum-Syndrom.

Schonzeit, [fem., –, –en] »Sollen ⇨ wir nicht im Mai mal ein paar Feldhasen abknallen?« – »Ja, da hätt' ich Schonzeit.« ⇨ Anstandswauwau.

Schnupfwinkel, [mask., –s, –] *anderes Wort für* Nase; ⇨ Top-Sekret.

Schotte, Donkey, * Loch Karte 31. Juni 1964, der Brite von der traurigen Gestalt.

Schreibtischschlampe, [fem., –, –n] *abwertend für* Sekretärin.

Schreibtischtäter, [mask., –s, –] ein terroristisch orientierter Schreibtischtäter bringt es auf durchschnittlich 100 Anschläge pro Minute.

Schreibwaise, [fem., –, –n] Person, der während der Dissertation der Doktorvater weggestorben ist; ⇨ Doktorarbeit.

Schreinselbstständigkeit, [fem., –, –en] *Kurzwort für* die Fähigkeit, einen Schrank von IKEA® ohne fremde Hilfe aufzubauen (Motto: »Do-It-Your-Shelf – Selbstbeschränkung«); ⇨ Tischlermeister.

Schriftsteller, [mask., –s, –] »Wer hat denn dein Buch verlegt?« – »Meine ⇨ Frau, glaube ich.« ⇨ Druckerzeugnis.

SCHUFA, [neutr., –s, –s, eingetr. Wz.] *Abkürzung für* Schuh-Fachgeschäft.

SCHUKO, [Plur.] *schuhfach-geschäftsfachsprachlich für* Schuhkosten; ⇨ Moderation.

Schulanfänger, [mask., –s, –] Schulanfänger fühlen sich meist schon nach einem Jahr, insbesondere wenn ein unzuverlässiger ⇨ Lehrer sie versetzt hat, nur noch als ⇨ Schüler zweiter Klasse; ⇨ Klassenfeind.

Schule, [fem., –, –n, latein.] nicht so gut betuchte ⇨ Lehrer lassen nicht nur in der Schule gern anschreiben; ⇨ Hausaufgabe.

Schüler, [mask., –s, –] auch wenn Schüler das Heft in die Hand nehmen, haben sie noch lange nicht das Heft in der Hand; ⇨ Sekundarstufe II.

Schussfahrt, [fem., –, –en] *anderes* ⇨ *Wort für* Jagdausflug; ⇨ Weidmannsheil.

Schützenverein, [mask., –s, –e] ein ⇨ wenig unangenehm ist ⇨ es bisweilen, dass man hier u. a. so viele Freunde trifft; ⇨ unschüssig.

Schwanzfedern, [Plur.] eine Form des indianischen Genitalschmucks; ⇨ Federhalter.

schwarzes Brett, [neutr., –s] ist meistens bis zum Anschlag voll; ⇨ Ernst Litfaß.

Schwedenurlaub, [mask., –s, –e] eine Zitterpartie: Möge dieser ⇨ Elch an mir vorübergehen! ⇨ Schreinselbstständigkeit.

schwedisch, [Adj.] Wer auch immer diese Sprache lernen will – all *dänen* sei gesagt: Das Schwedische gilt als eine ausgenommen *sverige* Sprache. Und wer herum*norge*lt, muss sofort wieder nach Hause *su Omi*; ⇨ Glögg.

Schweißperle, [fem., –, –n] a) *veraltend für* fleißiges Hausmädchen; b) Schweißperlen sind z. B. bei einem Marathon ständig auf dem Laufenden; c) ⇨ *Abb.*

Schweißperlen unter sich

Schweiz, [fem., –] ein Wanderungsland; ⇨ Taschenmesser.

630-Mark-Job, [mask., –s, –s, deutsch-engl.] mit 630-Mark-Jobs hat man sich in der Vergangenheit nur geringfügig beschäftigt; ⇨ Schreinselbständigkeit.

Seemannsknoten, [mask., –s, –] bei dem Erlernen von Seemannsknoten aus entsprechenden Handbüchern ist Vorsicht geboten: Man muss auch zwischen den Seilen lesen können, sonst kommt es schnell einmal zu Vertauungsstörungen; ⇨ Kapitän.

Seemannssprache, [fem., –] ⇨ *Abb.*

Sege-Mail, [fem., –, –s, deutsch-engl.] elektronische ⇨ Post vom ⇨ Papst.

Sehsam, [mask., –s, –en] ⇨ *Abb. S. 126.*

Sekundarstufe II, [fem., –, latein.-deutsch] einige Bildungspolitiker sind offensichtlich nicht ganz richtig im Oberstüfchen; ⇨ Klassenfeind.

Seemannssprache

Selbstbefriedung, [fem., –, –en] wünschenswertes Ende eines Bürgerkriegs; ⇨ Partysan.

Selbsthilfegruppe, [fem., –, –n] Zusammenschluss von wohlhabenden Personen, die sich noch Hilfe leisten können.

Selbstliebe, [fem., –] wer in sich selbst verliebt ist, kann auf eine ein Leben lang anhaltende Beziehung bauen; ⇨ Ego-Therapie.

Serie, [fem., –, –n, latein.] Folgeerscheinung; ⇨ Pilotfilm.

Serviervorschlag, [mask., –s, –schläge, latein.-franz.-deutsch] unser Serviervorschlag: Reichen Sie doch mal den Wein von links! ⇨ Kellner.

Sehsamen

Serviette, [fem., –, –n, latein.-franz.] wird benutzt, wenn fehl am Latze ist.

Shakespeare, William, * Stratford-upon-Avon® 26. April 1564, † Stratford-upon-Avon® 23. April 1616, nach seiner Zeit als Avon®-Berater fing er ganz klein als Ghostwriter für Hamlets Vater an, hatte dann aber den richtigen Richard (⇨ Wagner) und kam groß raus; ⇨ Tontopf.

Showbusiness, [neutr., –, engl.] wer im Rampenlicht steht und schon einen Schatten hat, also nicht unbehelligt ist, braucht für den Spot nicht zu sorgen; ⇨ Schauspieler.

sieben, [trans./intrans. Vb.] *feministInnenAußensprachlich für* erben; ⇨ 00-Siebe.

Singlehaushalt, [mask., –s, –e] a) *anderes* ⇨ *Wort für* Wohnung eines Sammlers von Tonträgern; b) Plattenbau; ⇨ Problemzone.

Skat, [mask., –s, latein.-ital.] ein reizendes Spiel, allerdings nicht für Anhänger des so genannten Anti-Skating; ⇨ pikieren.

Ski Heil! [norw.-deutsch] Gruß unter Alpinisten in Kärnten; ⇨ Hitler.

Skisport, [mask., –s, norw.-latein.-franz.-engl.] ⇨ *Abb.*

Wachsende Anhänger des Skisports

Skrotum-Antlitz, [neutr., –es, –e, latein.-deutsch] *gehoben für* Sackgesicht.

Sky-Walker, [mask., –s, –, engl.] so bezeichnet man Leute, die nicht zu einem Spar®tanisch eingerichteten Aldi® rennen, sondern bei Sky® (wegen der minimal®en, aber doch markant®en Unterschiede) einkaufen; ⇨ frühshoppen.

Slalom! [Interj., norw.-hebr.] Gruß unter israelischen Alpinisten; ⇨ Judikative.

Slip, [mask., –s, –s, engl.] *miederdeutsch für* Unterhose; ⇨ Beinkleid.

Slipeinlage, [fem., –, –n, engl.-deutsch] Bindewort; ⇨ Tampon.

Snowboard, [neutr., –s, –s, engl.] *eindeutschend für* Schneebrett; ⇨ Ski Heil.

Soldat, [mask., –en, –en, latein.] a) Soldaten nehmen zuweilen eine wichtige Stellung ein; ⇨ kapitulieren; b) Soldaten sind immer uniformiert, aber oft auch uninformiert; ⇨ Bundeswehr.

Sommerzeit, [fem., –] *Kurzwort für* vorgerückte Stunde.

Sonnenfleck, [mask., –s, –en] Sonnenflecken sind ca. 5000 °C heiß. Da bleibt auch für Leute, die sich nicht für solche Themen erwärmen können, noch die Frage: Wie viel ist das in gefühlter Temperatur?

sonor, [Adj., franz.] »Hörst du diese tiefen Töne?« – »Nein, ich hab' einfach nicht sonor für so etwas.«

Sopran, [mask., –s, –e, latein.-ital.] ⇨ Frauen mit dem höchsten Notendurchschnitt; ⇨ Arier.

Sorgentelefon, [neutr., –s, –e,

deutsch-griech.-engl.-franz.] *ein anderes* ⇨ *Wort für* ratloses ⇨ Telefon.

sorgfältig, [Adj.] ⇨ *Abb.*

sorgfältig

Spareinlagen, [Plur.] kostengünstige orthopädische Vorrichtung – gemäß der Quantentheorie – zur Stützung der Fußsohle (oft bei so genannten Zins-Senkfüßen); ⇨ Diskontsatz.

Spargasse, [fem., –, –n] nur mit dem Nötigsten ausgestatteter Weg, weil die Politiker mal wieder in allen Sparten sparten; ⇨ Bewegung.

spät, [Adj.] »Wie spät ist ⇨ es?« – »Das ist doch nur eine Frage der Zeit.« ⇨ Die Zeit®.

Spätitionsfirma, [fem., –, –firmen, deutsch-latein.-ital.] Transportunternehmen mit Terminschwierigkeiten – vielleicht haben die Möbelpacker ja aufgrund eines neuen Einzugsverfahrens mal wieder Fehler eingeräumt.

Speckulation, [fem., –, –en, deutsch-latein.] ermöglicht fette Gewinne; ⇨ Verfettung.

Speyer, [mask., –s, –] *eindeutschend für* Vulkan. ⇨ Es gibt vulkan, der das verstehen würde (⇨ Lavamat). Über das Liebesleben der Vulkane ⇨ *Abb.*

Vulkanische Liebe

Spezialität, [fem., –, –en, latein.-franz.] z. B. Spezi-⇨Fisch oder Spezi-Aal mit einer Marinade aus Cola und Orangen-Limonade.

Spielkartenfarbe, [fem., –, –n, deutsch-griech.-latein.-franz.] es ist schon ein Kreuz: Spielkartenfarben muss man – auch wenn ⇨ es vielleicht herzlos oder etwas kariert klingt – vom Pik auf lernen; ⇨ Teerasse.

spitz, [Adj.] »Ich kriege meinen Bleistift einfach nicht spitz.« – »Da bist ja ganz schön spitzfindig, der ist doch ganz schön spitz, find' ich.« ⇨ Anspitzer.

Spitzensportler, [mask., –s, –, deutsch-latein.-franz.-engl.] ⇨ *Abb.*

Spitzensportler

Spottgedicht, [neutr., –s, –e] Spottgedichte haben einen hohn Wert.

Spültheorie, [fem., –, –n, deutsch-griech.-latein.] Begriff aus der Abwaschsoziologie.

Staatgebühr, [fem., –, –en] *scherzhaft für* Steuern; ⇨ Gerichtsvollzieher.

Stab-Reim, [mask., –s, –e] »'s ist doch wohl dieser Stab, den ich dir letzte Woche gab.« ⇨ Vers-⇨Ehen.

Stammzelle, [fem., –, –n, deutsch-latein.] indianisches Gefängnis; ⇨ Federhalter.

Stand-by, [neutr., –s, –s, engl.] einige elektrische Haushaltsgeräte wissen weder ein noch aus; ⇨ Energieeinsparung.

Standesbeamte, [mask., –n, –n] besonders Neulinge in der Branche kriegen oft kurz vor Dienstschluss am Freitag noch ein Paar verpasst; ⇨ Hochzeitstorte.

Standgericht, [neutr., –s, –e] Mahlzeit im Stehimbiss, mit dem Essen wird meist kurzer Prozess gemacht; ⇨ Happening.

Starthilfegabel, [fem., –, –n, engl.-deutsch] ⇨ *Abb. S. 130.*

Starthilfegabel

Stasi-Akte, [fem., –, –n, latein.-deutsch] endlich hat man jetzt ein Einsehen; ⇨ Problemzone.

Staubecken, [Plur.] Ecken voller Staub sind der Schrecken aller ⇨ Sauberkünstlerinnen. Putzwütige Hausfrauen sind eben erst nach einem Stielbruch zufrieden – oder wenn alles im Eimer ist.

Staupartikel, [neutr., –s, –, deutsch-latein.] *abwertend für* Kleinwagen; ⇨ Schlafwagen.

Stauchen, [neutr., –s, –] geringfügige Verkehrsstockung; ⇨ Autokratie.

Steinmetz, [mask., –en, –en] erst wenn Steinmetzen nach langen Jahren steinharter Ausbildung (nachdem sie sich schon mit Steinen beworben haben) ihre Abschlussprüfung mit Gravur bestehen, unterlaufen ihnen nicht mehr so viele gravierende Fehler; ⇨ *Abb.*

Eingravierender Fehler

Steinway, [eingetr. Wz.] ein Klavier alter ⇨ Schule.

Stellensuche, [fem., –, –n] Beschäftigung von Hautärzten, die ja stets sehr zystematisch vorgehen; ⇨ Doktorarbeit.

Steuerberater, [mask., –s, –] *scherzhaft für* Fahrschullehrer. Diese Ausbilder werden ja manchmal ein ⇨ wenig auffahrend, wenn sie während des Frontalunterrichts ihre ⇨ Schüler zum Weiterfahren anhalten müssen oder diese nicht zum Einlenken bereit sind ⇨ *Abb. S. 131.*

Steuerberater

Stickstoff, [mask., –s, –e] *Kurzwort für* Nadel und Faden; ⇨ chic.

Stillelement, [neutr., –s, –e, deutsch-latein.] *ein anderes* ⇨ *Wort für* weibliche Brust: Im Stillen liegt die Kraft ⇨ *Abb.*

Stoffwechsel, [mask., –s, –] wenn z. B. jemand ein Kilo Heroin sucht und gegen zwei Pfund Koks tauschen will; ⇨ Cracker.

Stoffwechselkrankheit, [fem., –, –en] da sieht der Arzt oft nur Gicht am Ende des Tunnels.

Straffanstalt, [fem., –, –en] Institut für Face-Lifting und Gesichtswissenschaft; ⇨ Grimassenschneider.

Streichholz, [neutr., –es, –hölzer] Scherzartikel aus ⇨ Holz; ⇨ *Abb.*

Stillleben

Streichhölzer

Streifenwagen, [mask., −s, −]
⇨ *Abb.*

Streifenwagen

Stretch-Country, [neutr., −s,
engl.] *englisch für* Dehne-
mark.

Strick, [mask., −s, −e] endet am
Galgen; ⇨ Standgericht.

Studenttisch, [mask., −s, −e, latein.-deutsch] *eindeutschend
für* Mensa.

Studierende, [neutr., −s, −n, latein.-deutsch] *politisch korrekt
für* Abschluss des Studiums.
Steht am Studieranfang noch
die Einschreibung im Mittelpunkt, interessieren am Studierende eher Ausschreibun-
gen.

Stuhl, [mask., −es, Stühle] Stühle
haben den Ruf, sehr unzuver-
lässig zu sein: Oft lassen sie

einen einfach sitzen. Was
aber auch wiederum ⇨ wenig
verwundert, da sie manchmal
von uns ganz schön geleimt
werden.

subtrahieren, [intrans. Vb., latein.]
Kurzwort für eine Nummer
abziehen; ⇨ Division.

Südbalkonien, [neutr., −s,
deutsch-franz.] das billigste
Reiseziel, Schrecken aller
Reiseveranstalter; ⇨ Urlaubsorte.

Süden, [mask., −s] zumindest
für den Süden lässt sich
sagen: Das Wetter ist Allge-
meingut; ⇨ Regen.

Südostasien, [neutr., −s] auch in
diesen Ländern auf dem so
genannten blauen Planeten
wird mittlerweile viel Alko-
hol verkonsumiert: Da staunt
der Malaie und der Flach-
mann wundert sich.

Suffismus, [mask., −] Alkoho-
lismus.

Sumo-Ringer, [mask., −s, −, jap.-
deutsch] bei diesen Athleten
ist Vorsicht geboten, größte
Beleidigung: »Du bist wohl
nicht ganz dick!« ⇨ Karate-
Turnier.

Sumpftrockenlegung, [fem., −,
−en] viele äußern dazu eine

ein ⇨ wenig veraltet anmutende Meinung, die wohl auf trockenem Humor beruht: Das Moor hat seine Schuldigkeit getan, das Moor kann ⇨ gehen; ⇨ Matscheibe.

Suppenwürfel, [mask., −s, −] haben für einige Hobby-Gourmets eine maggische Anziehungskraft; ⇨ Koch.

surfen, [intrans. Vb., engl.] angesichts der schier unübersehbaren Menge an Informationen im ⇨ Internet kommt einem das kalte Browsen.

Survival-Kitt, [neutr., −s, −e, engl.-deutsch] Notausrüstung für den harten Glaser-Alltag.

Synchronschwimmen, [neutr., −s, griech.-latein.-deutsch] bootlose Kunst.

T

Tafelgeschirr, [neutr., –s, –e, latein.-deutsch] *zusammenfassend für* Tafelkreide und Schwamm; ⇨ Klassenfeind.

Tampon, [mask., –s, –s, franz.] Unerfahrenen auf diesem Gebiet raten ⇨ wir dringend zu einem Einführungskurs; ⇨ Slipeinlage.

Tapeziertisch, [mask., –s, –e, ital.-deutsch] ich zier mich nicht, mal diesen Tisch aufs Tapet zu bringen: »Wie bist du denn mit meinem Tapeziertisch zurechtgekommen?« – »Wunderbar, ich bin total bekleistert.« ⇨ Rollenverteilung.

Tarzan, * Chicago 1. September 1875, † Los Angeles 19. März 1950, hatte einen guten Ruf, der allerdings nicht mehr der neueste Schrei ist; ⇨ Giraffe.

Taschenmesser, [neutr., –s, –] *Kurzwort für* alles im Griff.

Taubstumme, [mask./fem., –n, –n] für alle, die Gehörlose nicht riechen können: Taubstumme sind besser als ihr Ruf; ⇨ Einheitsbraille.

Taucherlehrgang, [mask., –s, –gänge] hier kann jeder mal sein Gluck versuchen.

Taxi, [neutr., –s, –s, latein.] abgedroschkene Floskel: »Guten Taxi können mich wohl nicht mal schnell zum Bahnhof fahren?«

Tee, [mask., –s, chin.] Tee gehört zu den politisch am wenigsten verfolgten Heißgetränken der Welt: Die meisten lassen ihn einfach ziehen; ⇨ Buchstabe.

Teerasse, [Plur., deutsch-latein.-franz.] die Gewinner bei den international ausgetragenen Asphaltierungswettbewerben; ⇨ Bewegung.

Tektor, * und † Troja 8. Jahrh. vor Chr., galt einerseits als äußerst faul (»Das lass doch die Andromache!«), schaffte ⇨ es aber andererseits, bei einem ⇨ Kuhhandel Achilles Färsen zu verkaufen. Seitdem ist er unter seinen Bewehrungshelfern bekannt als der lügende Tektor; ⇨ Homer.

Telechinese, [mask., −n, −n, griech.-deutsch] Fernsehmoderator aus Fernost; ⇨ Reistagsgebäude.

Telefon, [neutr., −s, −e, griech.-engl.-franz.] Wer kennt nicht das Problem: Das Telefon klingelt und man kann das verdammte schnurlose Telefon nicht finden. Abhilfe: Telefon und Station mit einem ca. 10 m langen Wollfaden verbinden. Ausgehend von der so genannten Station lässt sich, dem Faden folgend, das Telefon mühelos auffinden.

Telefonhörer, [mask., −s, −, griech.-engl.-franz.-deutsch] Telefonhörer finden − besonders wenn Klingelzeichen ertönen – immer mehr ⇨ Abnehmer; ⇨ Alexander Graham Bell.

Telefonitis, [fem., −, griech.-engl.-franz.] da wird kräftig in die Handys gespuckt; ⇨ T. Wurst.

Telefon-Sex, [mask., −, griech.-engl.-franz.] typischer Dialog: »Bist du ausgezogen?« − »Ja, und du, bist du auch ausgezogen? − »Ja.« − »Und wie ist denn deine neue Adresse?« ⇨ Mietspiegel.

Telemachos, [mask., −, −, griech.] *griechisch für* Fernsehgeräte-Hersteller; ⇨ Homer.

Telemark, [fem., −, −märker, griech.-deutsch] Rundfunk- und Fernsehgebühr in Norwegen; ⇨ GEZ®.

Teppichknüpfer, [mask., −s, −, griech.-latein.-französ.-deutsch] bei der Ausbildung zum Teppichknüpfer müssen viele Einzelexamen abgelegt werden, als besonders schwierig (»Nur nicht den Faden verlieren!«) gilt dabei die ermattende Prüfung in Matte; ⇨ Web-Designer.

Theater, [neutr., −s, −, griech.-latein.-franz.] »In dieser Saison bringen sie ein volkstümliches Lustspiel nach dem anderen.« − »Ich farce ⇨ es nicht.«

Theaterbesuch, [mask., −s, −e, griech.-latein.-französ.-deutsch] »Wie findest du die ⇨ Frau hinter der Bühne?« − »Cool isse.«

Thema, [neutr., −s, Themen, griech.-latein.] »Heute trinke ich meinen Thema mit ⇨ Zucker.«

Thon, Mara, * Schnellsen-Nord 18. November 1978, bekannte Langstrecken-Läuferin; ⇨ Schweißperle.

Tidenhub, [mask., –s, –hübe, niederdeutsch-deutsch] die Gezeiten lehren ⇨ es uns ja: Manchmal ist Meer auch weniger.

Tim, * Llanfähr 23. Oktober 1967, sehr beliebter Fährenbesitzer, alle schätzen die Intimsphäre und wollen in Tims Fähre; ⇨ Schleusenwärter.

Tischlermeister, [mask., –s, –] *anderes* ⇨ *Wort für* Schreinselbstständiger.

Tischlerplatte, [fem., –, –n] Kahlköpfigkeit bei ⇨ Tischlermeistern, oft tragen sie passenderweise dazu eine Glatzhose; ⇨ Karl Kopf.

Tonfigur, [fem., –, –en, deutschlatein.-franz.] Tonfiguren stehen meistens wie gelähmt in der Gegend herum; ⇨ Geologe.

T-Online, [fem., –, eingetr. Wz.] T-Online® ist führend auf dem Gebiet der Volksvernetzung; ⇨ Internetzugang.

Tontopf, [mask., –es, –töpfe] *Kurzwort für* viel Lehm um nichts; ⇨ William Shakespeare.

Top-Sekret, [neutr., –s, –e, engl.-latein.] *euphemistisch für* Nasenschleim; ⇨ Popeline.

Tortenheber, [mask., –s, –] ⇨ *Abb.*

Tortenheber

Totaal, [mask., –s, –e] Laiche eines schlangenähnlichen ⇨ Fisches.

Towerarbeitslosigkeit, [fem., –, engl.-deutsch] lang anhaltender Jobverlust bei Fluglotsen; ⇨ Flugverkehr.

Trans-Mission, [fem., –, –en, latein.] *Kurzwort für* Schwuchtel-Delegation.

Transvestit, [mask., –en, –en, latein.] Transvestiten stecken bis zum Hals im Drag.

Trantüte, [fem., –, –n] kleiner Fettsack.

Traumdeutung, [fem., –, –en] Psychologen haben festgestellt, dass ⇨ Schafe fast ausschließlich vom Land ihrer Feta träumen; ⇨ Maul- und Klauenseuche.

Trekking, [neutr., –s, engl.] das Geschäft mit Rucksacktouristen lief im letzten Jahr nur schleppend; ⇨ Schweiz.

Trendsetter, [mask., –s, –, engl.] aktuelle Hunderasse; ⇨ Hund.

Treppengeländer, [neutr., –s, –] *scherzhaft für* Stufenlandschaft; ⇨ Geologie.

Treppenwitz, [mask., –es, –e] Eine Stufe zur anderen: »Man tritt mich nur mit Füßen.« Sagt die andere: »Ich fühle mich auch immer so herabgestuft.« – Mit solchen Treppenwitzen erntet man natürlich allenthalben nur ⇨ Geländer.

Trittbrettfahrer, [mask., –s, –] *eindeutschend für* Skateboarder; ⇨ Inlineskates.

Trittmittel, [neutr., –s, –] *anderes* ⇨ *Wort für* Fuß; ⇨ Zeh.

Trockendoc, [mask., –s, –s, deutsch-engl.] *szenesprachlich für* Facharzt zur Betreuung sehr anonymer Alkoholiker; ⇨ Drogenselbsthilfegruppe.

Tschet-Room, [mask., –s, –s, russ.-engl.] Teil einer Wohnung in Groznyi; ⇨ Internetzugang.

Tundra, [fem., –, Tundren, russ.] in diesen Gegenden kann sich für so genannte Rentner das Halten von Rentieren rentieren; ⇨ Altersheim.

Tür, [fem., –, –en] »Ich habe da Probleme mit dem Schlüssel.« –»Ach, du kriegst die Tür nicht zu!« ⇨ zumachen.

Turbanisierung, [fem., –, pers.-türk.-latein.] die westliche Gesellschaft orientiert sich (Theorie von Mullah Thurgau); ⇨ Mekka.

Türklinke, [fem., –, türk.-deutsch] *Abkürzung für* Türkische Linke; ⇨ Dönerstag.

Tu-Wort, [neutr., –s, –wörter] ⇨ Wörter wie z. B. Tube, Tugendhaftigkeit, Tulipan, Tumult, Tunis oder Tute; ⇨ bimmeln.

U

übergeben, [refl. Vb.] einige Buchtitel – zumal aus dem Bereich der Juristerei – sind einfach zum Kotzen; ⇨ *Abb.*

Erbrecht!

übersetzen, [trans. Vb.] hat manchmal auch eine rübertragende Bedeutung; ⇨ *Abb. S. 140.*

Ufer, [neutr., –s, –] da gibt's per se per See nur eins; ⇨ Pipicaca-See.

Uhrteil, [neutr., –s, –e] Sachen, die man – etwa beim Uhrmacher – abgeben kann, z. B. Stunden-, Minuten- und Sekundenzeiger. Am meisten befürchten Uhrmacher aber so genannte schwere Unruhen; ⇨ Pünktlichkeitsfanatiker.

Umleise, [Plur.] *Oberbegriff für* die Buchstaben ä, ö und ü. *Gegenteil von:* Umlaute (Ä, Ö und Ü) – das kann man aber durchaus diakritisch sehen; ⇨ Buchstabe.

umstellen, [trans. Vb.] ⇨ *Abb.*

Umstellen eines Sofas

139

übersetzen

ungezogen, [Part. Perf.] ⇨ *Abb.*

Unisono, [mask., –s, –soni, lat.-ital.] *italienisch für* männliches Einzelkind.

unschüssig, [Adj.] als unschüssig bezeichnet man ein Gewehr, dessen Schicksal seinen Lauf genommen hat; ⇨ Schonzeit.

Unternehmensberatung, [fem., –, –en] »Was ⇨ machen ⇨ wir denn heute Abend?« – »⇨ Wir sollten uns nicht übernehmen, wenn ⇨ wir etwas unternehmen.«

Untertürkheim, [neutr., –s, –e, türk.-deutsch] vorderorientalischer Keller.

unvorstellbar, [Adj.] sind Personen, deren Namen man vergessen hat.

Urlaub, [mask., –s, –e] »Können ⇨ wir jetzt mal über den Beginn unseres Urlaubs sprechen?« – »Ich möchte mal wissen, warum du dieses ⇨ Thema anreist.« ⇨ Wanderurlaub.

Hänger mit wagen Aussagen

Urlaubsende, [neutr., −s, −n] da kannst du einpacken.

Urlaubsreif, [mask., −s, −e] auf Urlaubsreisen erworbenes Schmuckstück; ⇨ Goldschmied.

Urlaubsorte, [fem., −, −n, deutsch-latein.-franz.-ital.] man unterscheidet verschiedene Urlaubsorten, z. B. Abenteuerurlaub, ⇨ Wanderurlaub, ⇨ Bildungsreise.

Urologie, [fem., −, griech.] medizinisches Fachgebiet, das sich mit der Frage beschäftigt: »Na, was haben Sie denn auf der Latte?«

Urwaldrodung, [fem., −, −en] beruht meist auf fällerhaften Überlegungen; ⇨ Baumschutz.

US-Wirtschaft, [fem., −, engl.-deutsch] die US-Wirtschaft liegt wohl nicht völlig falsch mit der Aussage: Dime is money; ⇨ Ducks®.

V, [neutr., –s, –s] ⇨ *Abb.*

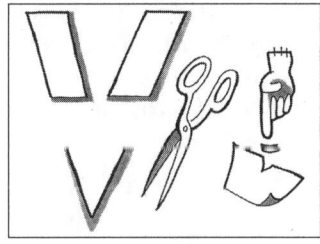

V (Ausschnitt)

Vakuum, [neutr., –s, Vakua, latein.] da ist die Luft raus: Das sollte uns allen eine Leere sein.

Vatikahn, [mask., –s, –kähne, latein.-deutsch] Teil der ⇨ Papst-Flotte.

Vegetarier, [mask., –s, –, latein.-engl.] man unterscheidet bewusste und unbewusste Vegetarier, letztere beschränken ihren Konsum z.B. ausschließlich auf Bier und Zigaretten; ⇨ Naturkunde.

Vegetationsperiode, [fem., –,

–n, griech.-latein.] haben in der Regel die Grünen; ⇨ Women-Struation.

Veitstanz, [mask., –es, –tänze] ein Begriff, der in den letzten Jahren völlig in Versessenheit geraten ist; ⇨ BSE-Hack.

Venedick, [neutr., –s] a) italienische Hauptstadt der Krampfadern; b) früher gab ⇨ es dort viele Dogenabhängige.

veraltend, [Part. Präs.] *veraltend für* vergehend.

Vereinsgründung, [fem., –, –en] bei Vereinsgründungen sollte man aus Vereinsgründen darauf achten, dass nicht zu viele Getränke angeboten werden, denn sonst müssen viele ⇨ Mitglieder gleich wieder austreten; ⇨ Abschlagzahlung.

Verdrängung, [fem., –, –en] psychische Erkrankung bei Schiffen; ⇨ Sigmund Freud.

verfahren, [intrans./refl. Vb.] »Jetzt haben ⇨ wir uns verfahren.« – »Und wie verfahren ⇨ wir jetzt?«

Verfettung, [fem., –, –en] ein Beweggrund; ⇨ Joggurt.

Vers-Ehen, [Plur., latein.-deutsch] *fachsprachlich für* Reim-Paare; ⇨ Paar-Reim.

Versen-Dung, [mask., –s, latein.-deutsch] *poetisch für* misslungener Reim; ⇨ Dichtkunst.

vervollkommnen, [trans. Vb.] »Alles und jeden perfektionieren zu wollen, halte ich vervollkommnen Blödsinn.«

verziehen, [Part. Perf.] »Und – hat sie dir verziehen?« – »Ich denke schon. Jedenfalls hat sie gesagt: Verzieh dich!« ⇨ Beziehungsproblem.

VHS-Kassette, [fem., –, –n, deutsch-latein.-ital.-franz.] *Abkürzung für* Magnetband der Volkshochschule.

Victoria, *Kensington Palace (London) 24. Mai 1819, † Osborne House (Isle of Wight) 22. Januar 1901, hatte neun Kinder: Da hat sie wohl mit ihrem Gatten ein bisschen viel herumgeAlbert; ⇨ Windsor-Genossenschaft.

Vielehe, [fem., –, –n] die Vielehe gehörte lange zu einem gesunden Mormonhaushalt.

44, [fem., –, eingetr. Wz.] *Kurzbezeichnung für* Firma elf®.

Vierzitzer, [mask., –s, –] *scherzhaft für* ⇨ Kuh.

Vogel, [mask., –s, Vögel] a) Betrachtungen über das Sexualleben von Vögeln bieten sich ja geradezu an. Wer kennt nicht die Geschichte von dem Spatzenmann, der eine Meise hatte – und er hatte sogar mehrere Meisen im ⇨ Feuer! Besonders im Winter aber kommen Vögel nie auf einem grünen Zweig; ⇨ Oswald Kolle; b) Die Kennzeichnungspflicht für Vögel stößt besonders bei tauben Züchtern auf Unverständnis: »Was soll das beringen?«

Völkerball, [mask., –s, –bälle] ⇨ Gala-Veranstaltung bei den Vereinten Nationen.

Volksmusik, [fem., –, deutsch-griech.-latein.-franz.] gerät bisweilen zur Zitherpartie; ⇨ Bandgeschwindigkeit.

Völlerei, [neutr., –s, –er] rudimentäres Körperorgan eines Fußballtrainers; ⇨ Gegenwart.

vollständig, [Adj.] »Wäre ich vollständig nicht mehr.« ⇨ Windsor-Genossenschaft.

Vollversammlung, [fem., –, –en] regelmäßig abgehaltene Treffen von ⇨ Alkoholikern.

vorbei, [Adv.] ist vorbei. Vorüber soll man sich da noch aufregen?

Vordenker, [mask., –s, –] auch ein Vordenker ist manchmal nachdenklich; ⇨ Attila.

Vorläufer, [mask., –s, –] *anderes* ⇨ *Wort für* Türmatte.

vorläufig, [Adj.] *derb für* prämenstruell; ⇨ Tampon.

Vorname, [mask., –ns, –n] heute wird nicht mehr häufig Ernst genommen.

Vorschlaghammer, [mask., –s, –hämmer] besonders gelungene Idee.

Vorspiel, [neutr., –s] Teil der Beurteilung eines Porno-Darstellers beim Casting; ⇨ Christiane Latte.

Vortag, [mask., –s, –täge] »Solltest du nicht heute einen Vortag halten?« – »Nein, gestern.«

Vox popeli, [fem., –, Voces, latein.-deutsch] näselnde Stimme; ⇨ Top-Sekret.

Wachstum, [neutr., –s] Herrschaftsbereich einer Bienenkönigin; ⇨ Bienenvolk.

Wächter, [mask., –s, –] »Wie ⇨ geht's denn unserem kranken Wächter?« – »Er ist immer noch nicht wieder ganz auf dem Posten.« ⇨ Foyerwehr.

Wagner, Richard, *Leipzig 22. Mai 1813, †Venedig 13. Februar 1883, sagte kurz vor seinem Tod in Venedig: »Isolde bei diesem tristan Wetter besser nicht spazieren ⇨ gehen.« Woran er sich aber wohl nicht hielt: Kurze Zeit später starb er an einer Nibelungen-Entzündung; ⇨ Arier.

Wahl, [fem., –, –en] Lange galt: Den Letzten beißt d'Hondt.

Währung, [fem., –, –en] »Benutzen Sie Irisch Moos®?« – »Nein, ich zahle in Euro®.« ⇨ Cent.

Wal, [mask., –es, –e] Wale sind delfinitiv keine ⇨ Fische.

Walpurgisnacht, [fem., –, –nächte] Dämonstrationsveranstaltung.

Wanderbursche, [mask., –n, –n] »Wie lange ist denn eigentlich unser Handwerksgeselle noch auf der Walz?« – »Ich weiß auch nicht, Wanderbursche wiederkommt.«

Wanderurlaub, [mask., –s, –e] ⇨ Wir sind auf diesem Gebiet zwar nicht sehr bewandert, aber hier dennoch einige gängige Tipps. Besonders bei einem Wanderurlaub im Ausland gilt: Weder die Schuhe noch der Reisepass sollten abgelaufen sein; ⇨ Trekking.

Warenzeichen [neutr., –s, –] sind auch nicht mehr das, was sie mal waren. Früher mal, das waren Zeichen! ⇨ *Abb.*

ein getragenes Warenzeichen

Wäsche, [fem., –] ⇨ *Abb.*

Wasserkraftwerk, [neutr., –s, –e] Produktionsort für stromschnelle Energie; ⇨ Energieeinsparung.

Wasserpflanze, [fem., –, –n] »Wasserpflanze« sagen viele, wenn sie im Allgemeinen Alge meinen.

Wateschlange, [fem., –, –n] Drängelei bei der Kneippkur®.

Web-Designer, [mask., –s, –, deutsch-latein.-ital.-franz.-engl.] *Näher bezeichnend für* ⇨ Schneider, die sich in Lügen verstricken: »Ich denke, also spinn' ich.«

Wech, Wilma, * Malle-Valise 17. Februar 1977, gilt als äußerst reiselustig; ⇨ Urlaub.

Wecker, Konstantin, * München 1. Juni 1947, liederlicher Typ, weil er allen mit seinem Gewecker auf den Zeiger ⇨ geht. Außerdem wird gesagt, dass sich der Wecker immer verstelle; ⇨ Uhrteil.

Weidmannsheil, [neutr., –s] besonders für Rehe, ⇨ Hasen und Fasane, die bei Treibjagden bisweilen ihre Getroffenheit ausdrücken, ist die bange Frage bei derartigen Jagdgeschehen, wie Weidmannsheil übersteht; ⇨ Anstandsdame.

Weihnachten, [Plur.] da haben ⇨ wir die Bescherung!

Weihnachtsmarkt, [mask., –s, –märkte,   deutsch-latein.] ⇨ *Abb. S. 149.*

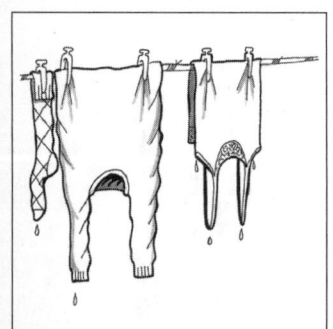 

Wäsche: a) online, b) offline

Weihnachtsmarkt

Weit im Winkl, [neutr., –s] das ⇨ Mekka der Hobby-Fotografen, aber das muss man nicht unbedingt canon®.

Welthummerhilfe, [fem., –] Robbenbrötchen für alle; ⇨ Nahrungsmittelknappheit.

Wendung, [fem., –, –en] Akkusativ von Werdung; ⇨ Fallbeispiel.

wenig, [Adv.] *Kurzwort für* ein bisschen viel; ⇨ many.

Wepper, Fritz, * De Brügge 31. März 1936, Klein-Darsteller. »Dat is die Krimiserie, mit derrick Erfolg hatte.«

Werbefachschule, [fem., –, –n, deutsch-latein.] »Immer diese vielen Schularbeiten!« – »Ja, der ⇨ Lehrer hat schon wieder eine Annonce aufgegeben.« ⇨ Hausaufgabe.

Werft, [fem., –, –en] obwohl die so einiges vom Stapel gelassen haben – Werft: Nicht alles hin; ⇨ Kiel.

Wetbüro, [neutr., –s, –s, engl.-latein.-franz.] hier trifft man schon komische Tippen: So mancher entwickelte sich vom zurückhaltenden Spüler zum ⇨ regen Wetter und machte alle nass.

Wetter, [neutr., –s] früher wurden die Hochs mit Männernamen versehen, die Tiefs mit Frauennamen. Alles sexistischer kalter Kaffee (⇨ Kaffeesatz): Heutzutage können auch ⇨ Frauen ein Hoch kriegen.

Widows 2000, [Plur., eingetr. Wz., engl.] Selbsthilfegruppe ⇨ Frauen, deren Männer vor nicht langer Zeit gestorben sind; ⇨ Bill Gates.

Wilder Westen, [mask., –s] »Du hast dir doch neulich Rodeo-Pferde gekauft. Hat sich das denn gelohnt?« – »Nein, die werfen nichts ab.« ⇨ Tundra.

Williams, Hennessey, * Columbus (Miss.) 26. März 1911, † New York 25. Februar 1983, berühmt ⇨ durch das Whiskey-Drama »Die Kotze auf dem heißen Blechdach«. ⇨ Havana Club®.

Windenergie, [fem., –, deutsch-griech.-latein.-franz.] hier gibt es immer wieder kleine Fortschritte – Bö à Bö; ⇨ Wasserkraftwerk.

Windjammer, [mask., –s] Klagelied von Seglern bei einer Flaute – ⇨ es brigg einem das Herz; ⇨ Modern Takling.

Windsor-Genossenschaft, [fem., –, –en, engl.-deutsch] englische Vereinigung von Weinbauern, dort kann man sich königlich amüsieren; ⇨ Charles.

Winterdiebstahl, [mask., –s, –stähle] *juristisch für* milde Form von Wintereinbruch.

wir, [Personalpron.] das sind Menschen wie du und ich; ⇨ es.

Wirt, [mask., –s, –e] betrachtet man einmal die Wirteskala der so genannten Tankwarte mit ihrem Füll-Time-Job, kann man nur sagen: Sie sind offensichtlich zu jeder Schanktat bereit; ⇨ Drinklichkeitsantrag.

Wirtzuwachs, [mask., –es, –wächse] *scherzhaft für* Bierbauch; ⇨ Castronomie.

Wohnhaft, [fem., –] Hausarrest.

Wolfsburg, [neutr., –s] VW-Werk-Stadt; ⇨ *Abb*.

Women-Struation, [fem., –, –en, engl.-latein.] *feministInnenAußensprachlich für* Men-Struation, nach Tage dauernden Debatten benutzt ⇨ frau jetzt in der Regel aber – auch für blutige AnfängerInnen – das geschlechtsneutrale und politisch korrekte ⇨ Wort Mensch-Truation; ⇨ Tampon.

Wort, [neutr., –es, Wörter] am Anfang war das W; ⇨ Tu-Wort.

Wörterbuch, [neutr., –s, –bücher] das Schreiben von unerträglich trägen Einträgen in einem Wörterbuch ist ein einträgliches Geschäft; ⇨ Duden®.

Wortstellung, [fem., –, –en] entscheidet manchmal über Leben und Tod, wie man an folgendem Beispiel ablesen kann: »Das ist ein entfernter Verwandter von mir.« Oder: »Das ist ein von mir entfernter Verwandter.« ⇨ Mafia.

Pfau-Weh

Wortwechsel, [mask., –s, –] ein mündlicher Vertrag über eine Zahlungsverpflichtung; ⇨ Kuhhandel.

Würger, [mask. –s, –] gemeine, fiese Würger haben zwei ⇨ linke Hände; ⇨ Nordfiesland.

Wurst, T., * Sans Sauci 28. September 1974, ⇨ Frau Wurst besaß als Erste gleich zwei Mobiltelefone, was bei dem ⇨ Vornamen T-Punkt (⇨ T-Online) auch ⇨ wenig verwundert. So trällerte man allenthalben: »Alles hat ein Handy, nur die Wurst hat zwei.« ⇨ Telefonitis.

X-Beine, [Plur.] ⇨ *Abb*.

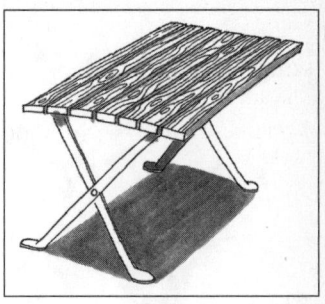

X-Beine

Xanthippe, [fem., –, –n, griech.-
latein.] Diagnose beim Zahn-
arzt: »Bei Ihrem kranken
Xanthippe ich auf Karies.«
⇨ Odontologie.

X-Fach, [neutr., –es, –Fächer] Ablage für X-Akten.

Y-Achse, [fem., –, –n] Vorsicht: Man sollte nicht sein ganzes ⇨ Geld in Achsen anlegen! ⇨ *Abb.*

Yellow Press, [fem., –, engl.] *englisch für* Zitronensaft.

Yenseits, [neutr., –es, japan.-deutsch] für Japaner der Ort für ein Leben nach dem Tod; ⇨ Sumo-Ringer.

Yeti, [mask., –s, –s, nepal.-tibet.] Kokain-Dealer im Himalaya (*wörtlich:* Schneemensch).

Yoghurt, [mask., –s, türk.] Yoghurt schmeckt manchmal unter aller Danone®.

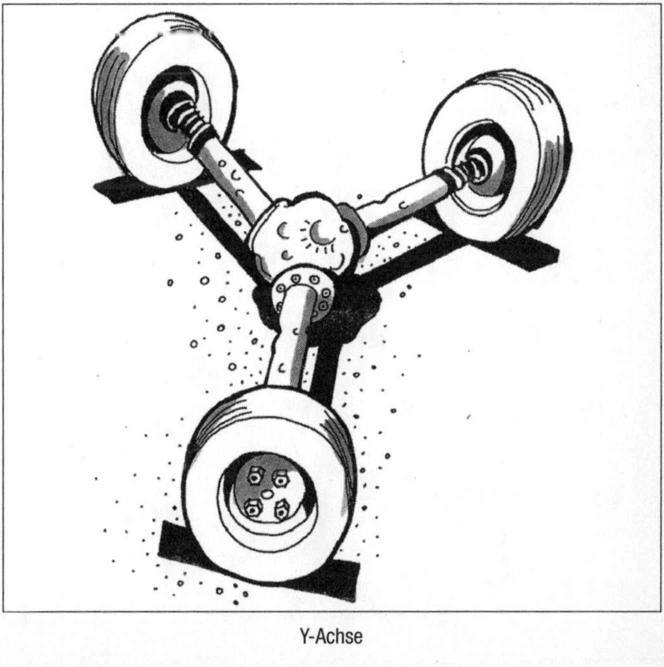

Y-Achse

Z

Zahl, [fem., –, –en] »Was macht ihr denn gerade in der ⇨ Schule?« – »⇨ Wir ⇨ machen gerade Zahlen.« ⇨ *Abb.*

Zahnpasta, [fem., –, –pastas, griech.-latein.-ital.-deutsch] *eindeutschend für* Spaghetti al dente.

Zahnschmerzen, [Plur.] da kann man nur hoffen, dass der Zahnklempner wenigstens ein Buch hat, das auch Erkrankungen der Wurzel behandelt; ⇨ Xanthippe; ⇨ *Abb.*

gerade Zahl, ungerade Zahl

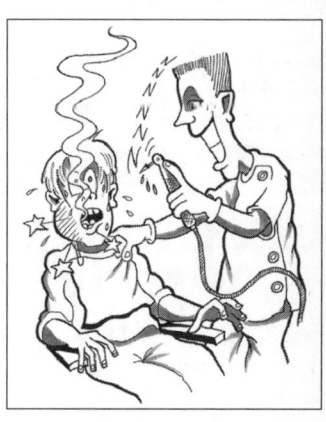

Backe am Dampfen

Zahlenkrankheit, [fem., –, –en] bei Zahlenkrankheiten, wie z. B. *Zwölf*fingerdarmgeschwür, *sechs*uellen Problemen, *Zwei*feln etc., helfen oft nur arithmetische oder geometrische Mittel; ⇨ Kot-Tangens.

zapfen, [trans. Vb.] lieber Bier als Eis; ⇨ Schenkungsurkunde.

Zapper, Frank, * Baltimore 21. Dezember 1940, † Los Angeles 4. Dezember 1993, Erfinder der Fernseherfernbedienung; ⇨ Berieselungsanlage.

Zeh, [mask., –s, –e] besonders der große wirkt ja manchmal etwas onkelhaft; ⇨ Trittmittel.

Zeitraffer, [mask., –s, –] *Kurzwort für* jemand, der die heutige Zeit versteht, auch wenn er z. B. bis über beide Uhren verliebt ist; ⇨ Konstantin Wecker.

Zellmembran, [fem., –, –en, latein.] überzeugt Durchlässigkeit; ⇨ Stammzelle.

Zolala, Emile, * Paris 2. April 1840, † Paris 29. September 1902, von einigen Kritikern als mittelmäßig eingestufter französischer Schriftsteller.

Zoo, [mask., –s, –s, griech.] »Neulich traute sich ein Panther in die Höhle des Löwen und hat sich mit einem Jaguar Gepard.«

zu Bedienen, Manuel, * Outil d'Evice 31. Juni 1902, † Embrayage 31. November 1984, war zeit seines Lebens ein führender Gegner der ⇨ Automatik.

Zucker, [mask., –s, ind.-arab.-ital.] der Unterschied zwischen ⇨ Salz und Zucker ist durchaus kostbar.

Zuggewinngemeinschaft, [fem., –, –en] *anderes Wort für* die ⇨ Deutsche Bahn AG®.

Zugspitze, [fem., –, –n] höchste Eisenbahn.

zumachen, [trans./intrans. Vb.] »Moment! Ich muss noch die Fenster zumachen, da ist nichts zu ⇨ machen.« – »⇨ Mach zu!«

Zunge, [fem., –, –n] manchmal liegt einem etwas auf der Zunge, was sehr schmerzhaft sein kann, oder man verbrennt sich gar die Zunge. Dann gibt es noch böse Zungen und Leute, die ein gespaltenes Verhältnis zu diesem Organ haben. Alles in allem also ist die Zunge – zumindest im Volksmund – belegt, und das oft sogar negativ.

Zwilling, [mask., –s, –e] *das Gegenteil von* Eingeborener; ⇨ Frau.

Zwirn, [mask., –s] erkennt man am leicht faden Geschmack; ⇨ Stickstoff.

Kleines Reisewörterbuch

Englisch – Deutsch

Bei einer Reise ins Ausland muss man ja oft Englisch sprechen. Das ist gar nicht so schwer: Oft werden die Wörter nur ein bisschen anders geschrieben oder einfach klein. Unser Tipp: Zur Verbesserung der Verständigung lauter sprechen.

Hier eine Liste mit den wichtigsten Begriffen, mit denen man ganz sicher durch den Reisealltag kommt:

actual	aktuell	**broken**	Brocken
after	Po	**burst**	Bürste
afterwards	Warze am Po	**but**	Butt
air	Eier	**cake**	Kacke
arsehole	Arzt holen	**can**	Kanne
ass	Ass	**cancel**	Kanzel
astray	astrein	**care**	Karre
back	backen	**case**	Käse
bad	Bad	**chick**	schick
bald	bald	**chief**	schief
balls	Balz	**chose**	Chose
bang	bange	**clap**	Klappe
become	bekommen	**cling**	klingen
beer	Bär	**cock**	Koch
beetroot	bedroht	**college**	Kollege
beggar	Bäcker	**cool**	Kohl
bell	bellen	**crazy**	kratzig
bet	Bett	**custom**	Kostüm
blender	Blender	**den**	denn
blood	blöd	**dick**	dick
bog	Bogen	**dish**	Tisch
bone	Bohne	**dog**	Dock

doll	doll	**hold**	hold
drum	deshalb	**hole**	holen
dump	dumpf	**horny**	Hornisse
ear	eher	**horse**	Hose
eventually	eventuell	**I get**	Igitt!
faggot	Fagott	**kid**	Kitt
fair	Feier	**kind**	Kind
far	fahren	**kiss**	Kissen
fart	Fahrt	**kitchen**	Gefängnis
fast	fast	**knacker**	Knacker
fed	Fett	**laid**	Leid
fern	fern	**lamb**	Lampe
file	viele	**last**	Last
filth	Filter	**leg**	legen
first	First	**list**	List
flash	Flasche	**listen**	Listen
flick	flicken	**lose**	lose
from	fromm	**mail**	Meile
fuss	Fuß	**make**	Macke
gaffer	Gaffer	**map**	Mappe
gift	Gift	**mate**	Matte
got	Gott	**meet**	Met
guilty	gültig	**mice**	Miezekatze
gut	gut	**mist**	Mist
hack	Hacke	**moon**	Mohn
ham	haben	**most**	Most
handy	Handy	**mud**	Mut
hearing	Hering	**muff**	Muffe
hearts	Harz	**neck**	necken
held	Held	**nick**	nicken
hell	hell	**night**	nicht
her	her	**no smoking**	Schwarzer An-
him	*Abk. für* Him-		zug verboten!
	beere	**not**	Not

one	ohne	**sit**	Sitte
or	Ohr	**sky**	Ski
pen	schlafen	**slit**	Schlitten
plaid	Pleite	**small**	schmal
pool	Pol	**snail**	schnell
pregnant	prägnant	**sold**	Sold
prick	prickeln	**spanner**	Spanner
pull	Pulle	**star**	starr
put	Pute	**stick**	stickig
queer	quer	**sucker**	Zucker
raider	Reiter	**tail**	Teil
rain	rein	**talk**	Talg
raise	Reise	**the**	Tee
rat	Rat	**to let**	Toilette
red	reden	**too sexy**	zweiundsechzig
relieve	Relief	**tool**	toll
rich	riechen	**trouble**	Trubel
road	rot	**turn**	turnen
rock	Rock	**van**	wann
sail	Seil	**vomit**	womit
sat	satt	**wade**	Warte!
sensible	sensibel	**wank**	wanken
sex	sechs	**war**	wahr
sexy	sechzig	**warden**	warten
shave	Schafe	**wee-wee-wee**	Internet
shine	Schiene	**well**	Welle
ship	Schippe	**where**	wer
should	Schuld	**who**	wo
shovel	Schofel	**wish**	wischen
silicon	Silikon	**worst**	Wurst

Weitirrführende Literatur

Anhalter, Peer: *Die anhaltende Reise.*

Birge, G.: *Die Alpen – ein Flachland.* Provokante Thesen zur Geologie des mitteleuropäischen Raumes.

Deutsche Telekom (Informationsbroschüre zur Innenpolitik): *Die deutsche Einheit für sechs Cent.*

Flegel, Georg Friedrich Wilhelm: *Phänomenologie des Dreistes.*

Fußke, Peter: *Die Angst des Handballtorwarts beim Siebenmeter.*

Goethe, Johann Wolfgang: *Walverwandtschaften.* Ein Meeressäuger-Thriller.

Gramm, Jacob: *Deutsche Grimmatik.*

Grass-Rauchen, Günter: *Die Botanisiertrommel.*

Haffner, Sebastian: *Die Duden-Verfolgung.* Anmerkungen zur Rechtsschreibung während der Nazi-Zeit.

Heller, Eva: *Beim nächsten Kahn wird alles anders.* Ein Tagebuch über die Wohnsituation der Kelly-Family.

Kort, Senta: *Wie wir erfolgreich die anderen abwimbledon.*

La Bèr-Rhabarbère, Pierre: *Wie man sich aufs Wesentliche beschränkt.* Stark gekürzte 25-bändige Ausgabe im Rindsledereinband mit Goldschnitt, viele Lesebändchen. Deutsch von Karl-Heinz Fasel und Ute Schnack-Fatt.

Lind-Wurm, Hera: *Der Superdrachen.* Eine Hausfrau packt aus.

Locke, John »Dread«: *Warum sind wir Locken bloß immer so aufgedreht?*

Maries-Baby, Rose: *Polanski.* Roman.

May, Karl: *Old Chatterhand.* Handbuch für das Internet.

Newton, Sir Isaac: *Der Apfel.* Eine Fallstudie.

Nissen, Klaus und Martin Reuter: *Die neuen Leiden der jungen Wörter. Das aktuelle Wörterbuch zur Rächtschraiprehvorm.* Knaur 1999, ISBN 3-426-73076-6.

Potter, Harry: *Joanne and the Rowling Stones.* Deutsch von Harald Töpfer.

Raph, Georg: *Zur Wohnsituation in Altbauwohnungen.* Ein Abriss.

Sai-De, Tsan: *Korea-Tabs.* Alternative Zahnpflege in Fernost.

Sanella, Utta: *Butter bei die Fische.*

Schimmel, Johannes Mario: *Rappe ist nur ein Wort.*

Scholl-Latour, Peter: *Der Tod im Rapsfeld.* Dreißig Jahre Krieg in Nordfriesland.

Simmel, Johannes Mario: *Es muss nicht immer Klavier sein.* Neue Beiträge zur Instrumentenforschung.

Solženicyn, Aleksandr I.: *Der Archipel Gulasch.* Fleisch ein andres Mahl.

Tolkien, J.R.R.: *Heringe.* Extrem stark gekürzte Taschenbuch-Ausgabe.

Zimmer, Sigmund: *Räume sind Schäume.* Psychoanalytische Grundlagen der Raumdeutung.

zu Nehmen, Ernst: *Die Anti-Diät.* Zunehmende Tendenzen in der Ernährungswissenschaft.

Danksagung

Beim Ausschalten des Computers hat uns Herr Unter-Fahren treue Dienste geleistet. Weiterer Dank geht an alle, die vornämlich zur Entstehung dieser Enzyklopädie beigetragen haben. Die zum Teil eigenen Namen sprechen wohl für sich:

Aber-Nichtaus, Anja
Ächtnis-Schwund, Gerd
Admiral, Marina
Ai, Dick S.
Allebescheuert-Oderwas, Cindy
Alsdia-Mant, Hertha
Alstroy, Alessandra
Ander, Ole
Anischerepu-Blik, Dominik
Ano, Hans
Arbeit, Andi
Arden-Umsatz, Billy
Arm, Al & Armin
As, Ali
Atensoße, Tom
Auchnichtverkehrt, Vera
auf der Bank, Nicola
Aufgetragen, Dick
Aufmich, Waldemar
Auftoilette, Wilma
aus dem Dreck, Karen
A-Vier, Dean
Bahn, Bob
Baldnach-Hause, Sonja E.
Batros, Al
Bdän-Stahl, Molly

Beere, Johannes
Beimrad-Fahren, Wilhelm
Bewusstsein, Gunter
Bier, Karsten
Bild, Götz N.
Bino, Al
Blassend, Hera
Bolika, Anna
Borat, Ella
Bot, Anke
Branntwein, Franz
Braten, Jens E.
Brauch-Nahme, Inge
Büchen, Hanne
Buktu, Tim
Bulant-Sein, Mustafa
Chen, Fred
Christmas, Mary
d'Erkaffee, Theo
Danken, Hinnerk
Dasso-Wollen, Wendy
Dat'Nliste, Candy
Da-Zumal, Arno
de Lirium, Clemens
Deinfahrradunter, Stella
Delle, Fricka
Delta, Neil

Denblütentee, Lynn
Denichmehr-Kannst, Sven
Derlich, Vivi
Derschirige-Pfiffen, Ekke-hardt
Dichtung, Raimund
Diehose-Voll, Erhardt
Diener, Bernhard
Dirdochschonge-Stern, Gabi
Dochbeim-Nachbarn, Klaus
Dox, Otto
Dynamik, Eugen
Eben, Dan
Einemjaganzanders, David
Eits, Jens
Erialist, Matt
Erne, Lutz
Ess, Horst
Etik, Eugen
Fall, Klara
Fall'n Dir-Wohlnichtein, An-drea
Fertig, Sean
Foriert, Peer
Freude-Eierkuchen, Frieda
Füralle, Heiner
Furz-Innenstadt, Frank
Gangebot, Billy
Gator, Ali
Gegen-Alles, G. Veit
Gerfeld, Karla
Gesagt, Gerlinde
Getrunken, Parzival
Ghurt, Joe

Gleichung, Viktor
Glör, John
Goge, Peter
Gorie, Kati
Granten, Emmi
Grube, Claire
Gung, B. Willy
Gutjetzt, Denis
Haben, Willi
Hanger, Cliff
Hardiner, Bernd
Harry, Dörthe
Hawk, Tom A.
Heitert, Anke
Hiernachknob-Lauch, Richard
Hikel, W.
Höhle, Axel
Ianischege-Sänge, Gregor
Ifer, Lutz
Igkeit, Bert
Ihrbierschonbe-Zahlt, Hansi
Iker, Eugen & Harald
Imalgeschwin-di Keit, Max
Ine, Ruth
Iner-Kloster, August
Infrieden, Ruth
Isane, Kurt
Ison, Lia
Izi-Nusöl, »Mo«ritz
Ja-zu Viel, Chris
Jevo, Sarah
Ka, Arnie
Kamellen, Ole
Keln, Anne

Kelsprung, Volli

Kelt, V. Erwin

Ker, Joe

Knito, Ingo

Kommenwas-Wolle, Magda

Kraut, Heidi

Kry, Mimi

Kum, Toni

Küre, Manni

l'Investition, Fay

la Tãn, Chârles

Lake, K.-K.

Lang, Ellen & Mona T.

le Angelegenhcit, Heike

Le Théâtre, Kaspar

Leicht, Phil

Len, Anna

Lös, Rainer

Lose-Kündigung, Fritz

Luation, Eva

Ma'Lang, Markus

Mal, Ali

Malsystem, Daisy

Manjaverrückt, David

Mann, Heinz L.

Mater, Alma

Mativ, Uli

Mauer, Kay

Meint, Ernst G.

Meinungen, André

Meister, »E«wald

Menheit, Benno

Ment, Rudi

Metergenau, Milli

Mi-Amarsch, Alex

Michdochgarnich-d'Rüberauf, Regi

Mieren, Anni & Minni

Milafmi, Olaf

Miniert, Dieter

Mirbloßnichtwiederso'n-scheißpaket, Oliver

Mitderwelt, Ferdi

Mnot, Ate

Molto, Phil

Moulade, Ray

Mundhar, Monika

Myglass, Philipp

Na, T. Oskar

Nade, Marie

Nanalyse, Uri

Nenku-Chen, Rosi

Nent, Emma

Ner, Paula

Nerei, Gert

Net, »Dekan« Edgar

Nett, Willi

Nettenre-Gierung, Mario

Nichtmehr-Übrig, Phyllis

Nichtrichtig-Authprechen, Kenneth

Nieu-Rin, Inge

Nix, Erkan

No, Pia

Notten-Kriege, Hugo

Nschritt, Grete

Nsilien, Ute

Nstrument, Toni

Oderan-Dérè, Diane
Odermeins, Iris
Omie, Egon
Onalpro-Gramm, Regi
Or, Edith
Orien-Reich, Karl
Os, K.
Ösisch, Franz
Pard-Enfell, Leo
Pergau, Sue
Phrodit, Hermann
Put, Lilli
Ra, Anka
Ral-Wasser, Mine
Ranto, S. P.
Reichert, Anke
Ren, Zensi
Rieren, Ingo
Ring, Käthe
Ro, Kai
Rober-Stein, Ida
Robi-Ologe, Mick
Roma, Thea
Rspill, Anke
Runken, Bert
Sange-Bunden, Kurt
Sapfel, Adam
Schaften, Gret
Schalreise, Paul
Scheise-Hier, Alois
Scherei, Knut
Schloch, Eduard
Schonda, Esther
Schon-Nichdeingeld, Claudia

Seimit-Euch, Frieda
Sein, Lars S.
Seines-Amtes, Walter
Seltwieeinschloss-Hund,
 Erwin
Service, Sigrid
Sexuell, Homer
Sfilm, Kurt
Shorn, Martin
Sindim-Winterschönwarm,
 Charles
Skaffee, Jakob
Skennich-Noch, Patrick
Slawien, Hugo
So, Gerd
Sohn, Kurti
Sonstnoch-Leuteangerufen,
 Hanna
Springerstiefel, Axel
Srum, Andi
Stadt, Hans E.
Stärke, Ferdi
Stein, Bernd
Stift, Britt
Strichen, Helge
Svater, Herbert
Tär, Elli
Tätlos, Pia
Tember, Sepp
Terkaffee, Phil
Tervorstellung, Thea
Tett, Sepp
Thete, Anka
Tikverdrossenheit, Polly

Tim, Marie
Ting, Mark E.
Tit, A.P.
Toffelpuffer, Karl
Tolien, Anna
Toring, Moni
Tum-Verpflichtet, Eugen
Tung, Erich & Hinrich
Tur-Ient, Abi
über die Leber, »Niko«laus
Übertragung, Leif
Überzug, Amalie
Ufener-Silberlöffel, Angela
Ufundver-Kauf, Anka
Uhrdienst, Rollf
Ulatur, Mark
Ulieren, Klaus
Ümpel-aus dem Keller, Holger
Undklauen-Seuche, Paul
Undlaut, Luise
Ungsex-Plosion, B. Volker
Unsbe-Schützen, Margot
Unsym-Pathisch, Alan
Unterkriege-Lasse, Janett
Urz, Hørst

Uskopf, Jan
Usmantel, Hubert
Utzungs-Gebühr, Ben
ven Baum, Olli
Versand, Otto
Versichert, Ali-Hans
Verstän di Gung, Volker
Vierung, René
Voll, Roy E.
vom Stuhl, Lene
Vthier-Wieder, Werner
Waffel, Anne
Wahr-Sam, Inge
Währtam-Längsten, Erich
Wald-Frei, G.
Wanst, Dirk
Weise-Bier, Kirsten
Weiß, Ed L.
Wiederda, Vanessa
Wieder-Sehen, Willibald
Wiehose, Jack E.
Xion, Anne
Xus, Lou
Zient, Effi
Zwiebel, Charlotte N.

Raum für Notizen

Klaus Nissen / Martin Reuter

Die neuen Leiden der jungen Wörter

Das aktuelle Wörterbuch zur Rächtschraiprehvorm

In diesem Lexikon der irre populären Rechtschreibreform bekommen alte Wörter einen völlig neuen Unsinn. Das geschieht
mittels Buchstaben und Satzzeichen, die hier erstmals alle
alle schwarz hervorgehoben sind – eine echt leserfreundliche Revo-
lution! 1679 Stichwörter werden verrückt erklärt, mit jeder
Menge Querverweisen und witzigen Illustrationen dazu. Und
das alles aus nur 26 Buchstaben, man glaubt es kaum!

»… endlich MEHR LICHT im Dünkel der Rächtschraip-
rehvorm. … lustiger als der ›Duden‹ …«
*Klaus Nissen, Institut für Lethargie und
Angewandte Schlafforschung*

»… eins der ganz großen Taschentücher unserer Zeit.
… kaufen, kaufen, kaufen!«
Martin Reuter, Tempo-Bierverlag

Alle Auflagen können im Unterricht
nebeneinander benutzt werden.

Knaur

Einige Pressestimmen zu
»Die neuen Leiden der jungen Wörter«

»... sie kolportieren Witze, demontieren Definitionen, schmuggeln Buchstaben, assoziieren Anglizismen und Anekdoten ...«
Die Welt, 23. 11. 1999

»Lachmuskelmassage ... erfrischend lustig!«
Die Bundespolizei, Nr. 1/2000

»Frechheit siegt – das haben sie mit der neuen Comedy-Generation gemein, ansonsten sind sie den Altvätern des Humors verpflichtet.«
Stadtmagazin Kiel, Nr. 10/1999

»Die anspielungsreichen Texte zwischen den krakeligen Bildern gemahnen nicht nur an den frühen Waalkes, sondern bestätigen den anhaltenden intellektuellen Einfluss der frühkindlichen Prägung des Autors ...«
Gegenwind – Politik und Kultur in Schleswig-Holstein, Nr. 8/1999

»Über das Verhältnis von Alkoholpegel zu IQ darf spekuliert werden ...«
Schleswig-Holsteinische Landeszeitung, 31. 07. 1999

»Ein Wörterbuch der besonderen Art.«
Magdeburger Volksstimme, 24. 07. 1999

»Vergnüglicher als der altehrwürdige Duden allemal.«
Siegener Zeitung, 11. 06. 1999

»Nach der Lektüre wissen Sie dann sicherlich auch, was eine Blaupause ist.«
Neues Deutschland, 15. 06. 1999

»So kann man vergnügliche und kurzweilige Stunden damit verbringen herauszufinden, was es mit dem Chicsal auf sich hat und wo Jan Uar geboren wurde.«
Unsere Kirche, 24. 06. 2001

»Am Ende hat man zwar nichts gelernt, sich aber bestens unterhalten.«
Frankfurter Neue Presse,
17. 06. 1999

»Zeit-Bestseller Belletristik, Platz 11«
Die Zeit, 05. 08. 1999

»Buch der Woche: ... total verrückt, so kauderwelschig und völlig ab- wie durchgedreht ...«
Rhein Zeitung, 17. 06. 1999

»Alle, die sich noch nicht mit der Rechtschreibreform befasst haben, bringt dieses Buch endgültig zum Verzweifeln.«
Berner Zeitung, 17. 06. 1999

»Manchmal muss man ein wenig nachdenken, bis man die kleinen Wortwitze in den Definitionen entdeckt.«
Kieler Nachrichten,
18. 06. 1999

»... ›Die neuen Leiden der jungen Wörter‹. Was wie so vieles in diesem Jahr auf Goethe zielt. Und eine Anspielung über Bande ist. Und ins nächstbeste Plenzdorf verbannt gehört.«
Neue Rhein Zeitung/
Neue Ruhr Zeitung,
03. 07. 1999

»... sarkastisch-humoristische Sprachspiele ...«
Berliner Illustrierte,
04. 07. 1999

»Ihre Wortsticheleien legt man nicht so schnell weg wie Duden und Mitbewerber, wenn man dort fündig geworden ist.«
Mainpost, 08. 07. 1999

»Ihr Respekt vor der deutschen Sprache ist denkbar gering.«
Flensburger Tageblatt,
15. 07. 1999